遺跡発掘師は笑わない

悪路王の右手

桑原水菜

角川文庫
19824

遺跡発掘師は笑わない

悪路王の右手

Right hand of AKURO OH

序　章

「永倉《ながくら》さん。僕とつきあってくれ」

それは金曜日の夜のことだった。

場所は亀石《かめいし》発掘派遣事務所。ふたりは残業中だった。

先に帰り支度を始めていた相良忍《さがらしのぶ》が、永倉萌絵《もえ》にそう告げた。

窓の外はもう暗かった。所長の亀石と同僚のキャサリンはすでに帰った後だった。

パソコンに向かっていた萌絵は、キーボードを打つ手を思わず止めた。

そのままじっとしていた。何を言われたのか、数瞬、理解できなかったのである。

「はあっ？」

勢いよく顔をあげると、忍は至極真剣な表情をしていた。

「色々考えたんだけど、やっぱり自分の気持ちは偽れない。君しかいない。頼む」

「ちょちょちょちょあのあのあの。ちょっと待って」

動揺のあまり意味もなく机の上にあったものを片付け始めた。

「からかってるんですか。いきなり私と、なんて、一体どういう」

「迷惑なんて言ったらバチがあたって明日《あした》から毎日タンスの角に小指をぶつけてしまいます！」

「迷惑かな」

「なら承諾してくれるんだね」

忍は嬉《うれ》しそうに目を輝かせると、いつもの柔らかな微笑を浮かべた。

「じゃあ、明日。帝都《ていと》ホテルで」

「帝都ホテルって、あの帝都ホテルですか！　日比谷《ひびや》の！」

「フランス料理は好き？　それとも鉄板焼きにする？」

「なんでもいけます……じゃなくて、それってどういう！」

忍は朗らかに「店決まったらLINE送るから」と手を挙げると、先に帰っていってしまった。

萌絵は放心状態だ。

なんだ、今のやりとりは。

これは夢か。忍から告白されるなんて。

きっと夢だ。このあと盛大な夢オチが待っているんだ。あの相良忍から交際を申し込まれるなんて現実であるわけがない。しかもいきなりホテルで食事？　お食事デート？　どういうこと！

そこからはもう残業も手につかなくなってしまった。

萌絵の頭は、明日のことでいっぱいになってしまったのだ。

相良忍は、永倉萌絵が勤める亀石発掘派遣事務所（通称カメケン）の同僚だ。元文化庁の職員で、カメケンに入所してからそろそろ一年になろうかという。早生まれの萌絵とは学年がひとつ下の同い年。穏やかな物腰に優しげな風貌《ふうぼう》、背はすらりと高く、何を着せても似合ってしまいそうなスタイルの良さは、なかなか拝めるものではない。

色々と深く込み入った経緯《いきさつ》を経てカメケンに落ち着いた忍だったが、今は萌絵と同じく「発掘コーディネーター」を目指すライバルでもある。

亀石発掘派遣事務所の業務内容は「遺跡の発掘調査に関わる人材を現場に派遣すること」だ。

元々は亀石建設の発掘部門から独立した事務所で、パートやアルバイト作業員を派遣することが本来の業務だが、登録発掘員の「技術レベル」に合わせた現場派遣を行えることが、特色のひとつだ。

亀石弘毅《ひろき》所長の幅広い人脈を生かし、発掘調査のみならず、遺跡修復から遺物復元、文化財保護や各種シンポジウム、果ては遺跡ガイドの人選といったものまで一手に引き受けている。遺跡や埋蔵文化財に関わる、ありとあらゆる事案の人材コーディネートだ。

萌絵と忍は、一人前のコーディネーターとなるために勉強中の身だった。

しかも亀石が用意する次の「コーディネーター試験」で合格できるのは、どちらか一方だけ。

そんな「同僚でありライバル」な忍からの、突然の告白だ。

青天の霹靂《へきれき》だった。

とはいえ、しおらしく困惑するような萌絵ではない。

すっかり舞い上がったまま、閉店間際の美容院に駆け込んだ。ふたりで食事をするなら、とにかくこの中途半端な髪型をどうにかしてもらおうと思ったのだ。シャンプーをされている間も、頭の中ではひたすら忍の告白を反芻《はんすう》している。夢見心地すぎて店の美容部員から「おかゆいところはないですか」と訊《たず》ねられても耳に入ってこない。あの相良さんに告白されてしまった。しかも明日いきなり食事デートなんて。なんて強引な誘い方だろう(そんなところもいい)。しかも、さすが元文化庁、選ぶ店もお堅い。同世代の男にはありえないチョイスだ。いや、同世代とも思えないほど世慣れた相良忍のことだから、普通に銀座《ぎんざ》の高級店も知っているのかもしれない。

本気になった相良忍、というフレーズが頭に浮かび、萌絵の中ではあらぬ妄想ばかりが膨らんでいく。

そんな忍に押しの一手でこられたら、拒める自信がない。

天にも昇る気分で「よろしくお願いします」と言ってしまうに決まっている。

どうしたらいいのだ。どうしたら。

翌日――。

萌絵は一晩葛藤《かっとう》した挙げ句、約束通り、帝都ホテルに来てしまった。

とっておきのワンピースに身を包んだ萌絵は、高鳴る胸を押さえながら自分に言い聞かせた。

「……相良さんにはちゃんとわけを言って、断る。今はコーディネーターの勉強いっぱいいしなきゃいけないし、そもそもライバルだし、何より心の余裕がありませんって」

だが、その格好はどう見てもデート仕様なのだ。

誰に言い訳しているのかよくわからない独り言をぶつぶつ呟《つぶや》きながら、萌絵は忍が予約を入れてあるという日本料理の店へとやってきた。

ほんのりとお香の煙なぞ漂う、大人の店だ。着物姿の案内係が、萌絵を奥の個室へとつれていった。

忍は先に来ていた。

だが、向かいの席には誰かいる。

気品のある和装の女性だ。年齢は五十代半ばといったところか。きりりとしたまとめ髪は隙がなく、色白でほっそりとはしているが、その身の内に一本筋の通ったものを持つ者独特の緊張感と威厳がある。佇《たたず》まいは上品だが、柔和にはほど遠く、しっかりとした太い眉《まゆ》が頑固な性格を現しているようだ。

忍が萌絵に気づくと、和装婦人もこちらに気づいた。

萌絵は思い出した。

「あなたは、龍禅寺《りゅうぜんじ》の……、笙子《しょうこ》様！」

龍禅寺笙子。井奈波《いなば》商事という企業の創業者一族を率いる、女・家長だ。

忍にとっては親代わりのような存在でもある。

忍はある事件で家族を亡くしている。笙子の亡父・龍禅寺雅信《まさのぶ》は、そんな忍を引き取り、英才教育を施して、ゆくゆくは井奈波という企業グループを背負って立つ人間へと育てようとしていた。笙子は以前、ふたりが関わった上秦《かみはた》古墳での事件で、幕引き役を務めてくれた恩人でもある。

「お久しぶりですね。永倉さん」

萌絵は緊張し、慌てて頭を下げた。

「こちらこそご無沙汰《ぶさた》しております」

「笙子様は、井奈波美術館の名誉館長をされていてね」

萌絵が席に着くのを見計らって、忍が言った。井奈波コレクションと呼ばれる貴重な絵画や骨董《こっとう》品などを所蔵する美術館だ。展示テーマの打ち合わせをするために東京へ来ていて、久しぶりだから食事でもしましょう、という流れになったのだ。

そこまで聞いて、萌絵はようやく自分の甚だしい勘違いに気がついた。

――僕とつきあってくれ。

とはすなわち、

——僕と「笙子様の食事に」つきあってくれ。

という意味だった。

萌絵はテーブルに突っ伏しそうになった。……ハイきた。これがオチですね、と。

あの時、数字の合わない伝票処理で頭がいっぱいになっていて「明日、笙子様と食事をするんだけど」という前置き部分をすっかり聞き落としてしまっていたのだ。

そういう忍は、龍禅寺家とは少し前に縁を切ったはずだったが、こうして笙子の呼び出しに応じるところをみると、連絡を取り合うぐらいにはまだ緩く繋《つな》がっているようだ。

「……それで忍さん。永倉さんとはおつきあいを始めて、どれくらいになるんです？」

え？　と萌絵は目を剝《む》いた。忍はさも当たり前のように、

「もう八ヶ月になりますか。もちろん結婚を前提に交際しています。ね、永倉さん」

いやいや待って待って。いつから私たち、おつきあいを？

と割って入ろうとしたら忍に猛烈な勢いで睨《にら》みつけられた。萌絵はびくりと固まり、
コクコクとうなずいた。

「では永倉さんのご両親にもご挨拶《あいさつ》を？」

「いえ、それはまだ。先に笙子様へ報告をしなければと思っていましたから」

そう、と笙子は品良く、先付のごま豆腐を口に運んだ。

「忍さんが自ら選ばれた女性ならば、わたくしは心からお祝いしますよ」

「ありがとうございます」

「龍禅寺家として、やるべきことはしっかりとさせてもらいます。結納の日取りは？　場所はどちらで？　わたくしどもは忍さんの親代わりですから、もちろん、きちんと場を設けて、永倉家のご両親とご挨拶させていただきますよ」

「ええ。よろしくお願いします」

忍は涼しい顔で、探りを入れてくる笙子にも、矛盾なく、すらすら答える。当の萌絵は、といえば顔を強《こわ》ばらせながら、半笑いでひたすら話を合わせるばかりだ。こうなっては食事どころではない。時々、忍が「話を合わせろ」とばかりに目線で猛烈なプレッシャーをかけてくるので、気も抜けない。ぼろを出したらアウトだ、という謎の緊迫感に包まれ、黒毛和牛の味もわからない。

当事者である萌絵のあずかり知らぬところで、ふたりは「来年結婚する」ことになってしまった。

狐につままれたような萌絵の二時間は、デザートのマスクメロンで締めくくられた。

＊

「ほんっと、ごめん」

笙子の乗るタクシーをエントランスから見送った後で、忍が土下座をせんばかりに、萌絵へと頭を下げた。

「実は、笙子様から、姪《めい》っ子《こ》さんとのお見合いをしつこくすすめられてて、ほとほと困り果ててたんだ。ずっとのらりくらりとごまかしてきたんだけど、今回ばかりは言い逃れできない予感がしたもんだから、つい……」

「ひどい！　そういう事情なら初めからそうだって言ってくれれば！」

「ごめん。僕もまさかこんな展開になるとは思ってなくて」

断る口実を作るため、つい「恋人がいる」と笙子に言ってしまったのが、そもそもの始まりだった。しかし忍には特定の彼女などいない。「ともかく、そのひとをつれてきなさい」と言われて困った忍は、身近にいて笙子とも面識がある萌絵に白羽の矢を立てたというわけだ。

「つまり……偽装のため？」

「うん。永倉さんなら笙子様にも納得してもらえるかと」

「そんなわけないじゃないですか」

「いや、結婚がどうとかまで言うつもりはなかったんだけど、いざ笙子様に会ってみたら、予想以上にお見合い話が進んでたもんだから」

これ以上、外堀を埋められてはまずいと思い、焦った挙げ句、ついぽろっと「結婚前提で交際中」と口走ってしまったというのだ。

萌絵はびっくりするやら、自分の勘違いが恥ずかしいやらで、心の中は大騒ぎだ。忍の気持ちを受け入れるかどうか、大真面目に（主に妄想がたくましすぎるせいで）一晩眠れず悩んだ昨夜《ゆうべ》の自分は何だったのか。

しかし今度ばかりは忍が全面的に悪い。

さすがの萌絵も堪忍袋の緒が切れてしまい、涙まじりに抗議する姿は、皮肉なものだが、端から見れば、立派な「カップルの痴話げんか」なのだ。

「本当にごめん。悪いことをしたと思ってる。お詫《わ》びに何かおごるよ。何食べたい？」

「なんでも？」

「ああ。なんでも」

萌絵は上目遣いでにらみつけた。

「……なら、お酒につきあってください」

萌絵は呑《の》んだ。容赦なく呑んだ。もちろん、やけ酒だ。

忍のおごりだと思って徹底的に呑んだ。有楽町《ゆうらくちょう》のガード下にある居酒屋で、萌絵は地酒を片っ端から呑みまくった。さすがの忍もあっけにとられている。

「な……ながくらさん、そのペースはさすがにちょっとまずいんじゃ」

「ほっといてください。私がつぶれたら、ちゃんと相良さんが面倒みるんですよ」

「うん。けど飲み過ぎは体によくないよ」

「大体、相良さんがいけないんですよ……っ。あんな言い方したら誰だって勘違いしちゃうじゃないですか。これだからイケメンって嫌。非モテの気持ちなんか、わかんないんですよ」

　これまたタチの悪い絡み酒だ。だが忍に文句を言う資格はない。今回に限っては非は全面的に忍にある。その横で、萌絵は、桝《ます》の中に納まったグラスになみなみ注がれた日本酒を、アテの酒盗《しゅとう》と一緒にどんどんあけていく。

「……そりゃね、そりゃあ、私はぼんやり屋で休みの日だって暇に見えるでしょうけど、週二で少林寺《しょうりんじ》の道院通いもしてますし、カンフーの先生のとこにも行ってるし、暇じゃないんですよ。そりゃ彼氏もいないから偽装彼女でも無問題ですけど、だからって、こんなお芝居のだしにされちゃ立つ瀬がないっていうか……っ」

「それは本当にすまない。ほとぼりが冷めたら、ちゃんと笙子様には本当のこと言うから」

「大体、あんな作り話信じてしまう笙子様も笙子様です。どんだけ相良さんのこと気に入ってるんですか。跡取りにする気満々じゃないですか。井奈波の六剣でしたっけ八剣でしたっけ？」

「七剣。てか、わざと言ってるでしょ」

「笙子様はあきらめが悪すぎます」

「まあ……、それに困ってるから君に頼ったんだけど」

「だって見ました？　笙子様の猛禽《もうきん》みたいな眼。いたたまれませんでしたよ」

「あの人をだますのは、僕だって命がけだから」

「自業自得です」

「……でも、方便が方便でなくなることだってある」

は？　と目の据わった萌絵が、忍の顔を覗《のぞ》き込んだ。

「君と僕に、そうなる未来が待ってない……。とは誰にも言いきれない」

「え……」

「考えてごらん」

忍はいやに明晰《めいせき》な表情で、

「一年後には、現実になってるかもしれないよ」

萌絵は絶句していたが……。

次の瞬間、酔いのせいではなく、狼狽《ろうばい》で顔が真っ赤になった。ろれつの回らない口を鯉のようにパクパク開閉させていると、神妙そうにしていた忍がだしぬけに破顔した。

「ははは！　冗談冗談。永倉さんて耳たぶどころか、つむじまで真っ赤になるんだね！」

萌絵の鉄拳《てっけん》が、忍の顔面を捉《とら》えたのは、言うまでもない。

店を後にしたのは、もう夜十時を過ぎようとする頃だった。

へべれけになった萌絵の肩を担ぎながら、忍がやってきたのは、日比谷公園だ。噴水のそばのベンチに腰掛けると、酔っ払った萌絵にペットボトルの水を差しだした。

「相良忍サイテー相良忍サイアク。性悪イケメン、タンスの角に小指ぶつけろ」

「……はいはい。どうせ性悪ですよ。これ飲んで」

萌絵は言われるままに水を飲んだ。そして、ぐんにゃりとベンチにもたれかかると
「でも」と言葉を継いで、街灯を見上げた。

「……そのおかげで、相良さんのお見合い、ぶっつぶせたのなら……ちょっとは、よかったかなあって」

忍が目を丸くした。

酔った萌絵の目には街灯が二重三重に見えている。

「だって、いやですもん。相良さんがお見合いなんて」

「……なんで？」

「なんでって……誰かと結婚なんて、いやですもん」

「なんでいやなの？　僕が結婚すると困るような理由が、君にある？」

「いやその。困るというか」

「なんでいやなの？」

妙にしつこく訊《き》かれて、萌絵はしどろもどろになってしまう。そんな萌絵を見て、忍は意地悪をやめて柔らかい眼差《まなざ》しになった。

「……わかってる。君には好きなひとがいるんだ」

萌絵はどきりとした。

「なに言いだすんですか。いきなり」

「無量《むりょう》」

萌絵は酔いから醒《さ》めた。頭が一気にクリアになった。すぐに激しく首を横に振った。

「なに言ってるんですか。好きなんかじゃないです。あんなやつ」

「顔に書いてるよ」

「書いてません。書いた覚えもありません」

ムキになって否定する萌絵の慌てぶりがあからさますぎて、忍は思わず吹きだした。そして大声で笑い始めた。びっくりするほど明るい笑い声だった。萌絵はあっけにとられていたが、やがて拗《す》ねたように口をとがらせた。

「……本当にドSなんだから」

「でも理由は知りたいな」

「理由なんて、そんな大げさなものはありませんけど。ただ、その……」

「その？」

「今が……」

忍が真顔になった。

萌絵は子供のように足をぶらぶらさせて、呟《つぶや》いた。

「相良さんと西原《さいばら》くんと、三人で一緒にいる今が、なんだか、居心地いいから」

妹の言い訳を聞く兄のように、忍は切れ長の目をたわめた。萌絵ははっとした。我ながら子供っぽい言い分だと気づいて、

「いやその、すみません。そんなのはどうでもいいわけで、私のたわごとなんてスルーしてもらって、その」

「……。僕もだ」

「え」

「僕も、今のままがいい」

だけど、と忍が顔をくもらせた。

「ここは居心地がよすぎて、こわくなる」

萌絵がその言葉の意味を探ろうとして忍を凝視した。

居心地が良いことの何がこわいのか。きっとその先に続く言葉に手がかりがあるのだろう、と萌絵は思い、辛抱強く待ったが、彼の唇はそれを紡ぎかけて、不意にまた貝のように閉じてしまった。

そして木の枝へぶらさがっているような満月に気づき、遠い目をする。

またあの表情だ、と萌絵は思った。

捉えどころも摑《つか》みどころもない、曖昧《あいまい》な、あの表情。自分たちが知る忍とはまったく違う忍の気配を感じさせる。

こんなにそばにいるのに不意に距離を感じて、不安になってしまう。それは忍が過酷

な思春期を耐えるために得た、あの二面性に関わるものなのだろうか。

ある瞬間、輪郭がぼやけて、その向こうから別の生き物が現れるような。

ある瞬間、善悪の境界さえ消失してしまうような。

そんな忍を見ていると、萌絵は幼い頃に読んだ『雪の女王』というアンデルセンの童話に出てくるカイという名の少年が思い浮かぶ。

悪魔の鏡の破片が胸に刺さって、性格が一変してしまう少年のことだ。

忍のもう一面、人を人とも思わない冷酷さを彼が垣間《かいま》見せる時、萌絵はカイを思い出す。いつか『雪の女王』に連れ去られてしまいそうな危うさで、不安になる。

だが忍の中に棲《す》む「カイ」に恐れを感じながらも、心のどこかで「カイ」に惹《ひ》かれてしまう。人殺しさえ厭《いと》わない、と告げる彼の酷薄さに、心のどこかで魅了されてしまうのは、生き物の気配さえ無い死の氷原を美しいと感じる、あの気持ちにも似ている。

それは恋愛感情とはちがう。もっと心の根底でうずく何かだ。

鏡の破片は決して彼を幸福にはしないはず。だが、それを呑《の》みこんで立つ忍には、孤高を感じる。そうやって過去を乗り越えてきたのだ。自分はもしかして、あの「彼」をこそ知りたいのだろうか。

――あなたは、誰。

毎日顔を合わせ、忍の存在はもう日常の一部になっていても、心の底ではいつもそんな問いをくり返しているような気がする。

――相良さんは本当に西原くんの味方なんですか。本当に信じていいんですか！

忍は隠している。何かを。

それが悪意なのか策謀なのかはわからない。

自分と無量には言えない何か。手放しに「信頼できる」と言い切れないのは、その隠し事の性質がいまだによく見えないためだ。

――僕は僕の意志で、いまこの状況に身を置いている。そのことに一片の嘘もない。

忍はそう言っていたけれど……。

〝〈革手袋《レザーグラブ》〉から目を離すな〟

忍のスマホに届いていたという「ＪＫ」なる者からのメール。

その〈革手袋〉が示す者は……。

「……無量のやつ、今頃どうしてるかな」

忍が満月を見つめて呟いた。

西原無量はいま、東京にはいない。

東北にいる。派遣先の三陸《さんりく》で遺跡の発掘作業中だ。今回の派遣は国内にしては珍しく、長期になりそうで、今はまだ終了のめども見えない。

街灯の光が忍の横顔をきれいにふちどっている。萌絵の目には、不思議なほど儚《はかな》くも見える。

彼は無量の兄がわりとして、無量を心配しているが――。

誰かがそばに寄り添っていないと危ういのは、実は忍のほうではないのだろうか。

彼の心に刺さった破片を誰が溶かせる？

彼の「ゲルダ」はどこにいるのだろう。

「……みてる」

え？　と忍が振り返った。

萌絵は同じように月を見上げた。

「きっと西原くんも派遣先の家の窓からこんなふうに満月を見てるんじゃないでしょうか……。たぶん」

「僕もそんな気がする」

日比谷公園のベンチに腰掛け、忍と萌絵はビルの谷間からあがってくる満月を眺めた。

亀石発掘派遣事務所きってのエース発掘員《ディガー》・西原無量。

宝物発掘師《トレジャー・ディガー》の異名を取る彼の手が、かの地で今度は何を掘り出すのか。……いや。

「今回は、そんな悠長なことも言ってられないかもしれないな」

西原無量の派遣先は、岩手県陸前高田市《りくぜんたかた》。

東日本大震災の発生から、二年が過ぎていた。

第一章　失われた風景の向こうに

「皆さん、お疲れ様です。休憩の時間ですので、きりのいいところであがってください」

発掘現場に若い男性調査員の声が響いた。

西原無量《さいばらむりょう》は腕時計を見て、かがめていた腰をようやく伸ばした。

よく晴れた空の下、現場の作業員たちは各々の作業の手を一旦《いったん》止めて、発掘中の調査区から次々とあがってきた。

高台にある発掘現場から見渡せるのは、大きな川の河口と海だ。川の名は気仙《けせん》川、注ぎ込む海は広田《ひろた》湾。遠くには箱根山《はこねやま》が横たわる。視界を遮るものがない見晴らしのいい現場には、春の日差しが降り注ぐ。それでもまだ日によっては風も冷たく、薄手のダウンジャケットが手放せない。東北の春は遅く、ようやく桜のつぼみが膨らみ始めた頃だった。

カーキの上着にカーゴパンツというのいつものスタイルの無量は頭に巻いたタオルをとり、発掘坑からあがってテントに向かった。

パート作業員の女性たちが、ポットの茶を注いで渡してくれた。

「あざます。いただくっす」

「お饅頭《まんじゅう》もあるわよ。羊羹《ようかん》とどっちがいい？」

「あー……。じゃ羊羹で」

テントの下では、持ち込まれたストーブにあたりながら、和気藹々《あいあい》とパート作業員たちが甘味や漬け物を分け合っている。無量も熱いほうじ茶を飲みながら、羊羹をつまんでいると、坂の下から軽自動車が一台あがってきて、テントの前で止まった。降りてきたのは、作業服姿のふくよかな中年女性だ。福々しい丸顔に眼鏡をかけている。

「錦戸《にしきど》さん。どーも」

と無量が軽く頭を下げた。作業服に眼鏡の女性は「お疲れ様」と答えて、やってきた。笑うと、あごの下が柔らかく、くくれる。

彼女の名は錦戸佐紀子《さきこ》。作業服の胸には「岩手県立埋蔵文化財センター」と刺繍《ししゅう》してある。ベテラン調査員だった。

「どう？　作業は進んでる？」

「はい。おかげさまで。土器片が大量出土してますよ」

「あら。やったわね。整理員さんに苦労してもらわなきゃ」

「そっちはどうなんすか。試掘で貝塚が出たって」

「ええ。例の道路予定地ね。しかも思ってたよりも結構でかいわね」

「あたっちゃいましたか」

「ええ、大当たり」

錦戸佐紀子は苦笑いした。

貝塚は「縄文時代のタイムカプセル」と呼ばれるほど、当時の生活を知るための、情報の宝庫だ。人が採集した食料の残り滓《かす》の廃棄場――要するに「縄文人のゴミ捨て場」で、調査には通常の遺構調査よりも時間と労力がかかる。基本的に表土以外はすべて人力での掘り下げになるが、とにかく貝層試料の取り上げに手間がかかる。

錦戸調査員の専門は、縄文時代の貝塚だ。

「三陸の貝塚は、日本一なの。質と量が段違いなんだから」

「出た。錦戸さんの、貝塚自慢」

「貝塚といえば三陸なの。メトロポリタン級がいっぱい出てるのよ」

本来ならば、未知の貝塚の発見は手放しで喜びたいところだが……。

「でも工期は迫ってるし、ゆっくり調査してる時間もないわ。このあたりは滅多に調査なんて入れないから、またとないチャンスなんだけどなあ」

とため息をついている。

「この近くにも貝塚があるから、ここでも出るかもしれないわね。……ところで、田鶴《たづる》くんの様子はどう？　ちゃんと現場仕切れてる？」

「ああ、はい。だいぶテンパってるみたいですけど」

この現場の担当調査員・田鶴陽太《ようた》のことだ。

静岡県の教育委員会から支援派遣された遺跡調査員だった。まだ大学を出て数年の、若い調査員で、錦戸とは大学の先輩後輩だ。現場経験が浅いため、仕切りに苦労しているようで、なかなかスムーズに調査が進められずにいた。

「無理もないわね。人手不足とは言え、本来なら、まだまだ先輩の下で修行してなきゃならない身で、いきなり現場を任されたんだもの。まあ、でも西原くんが来てくれてよかった。色々助言してくれるから」

「そんなたいした役には立ってないすけど」

「ごけんそん、ごけんそん」

錦戸の一際おおらかな笑い声は「発掘現場の肝っ玉母さん」とあだ名がつくだけはある。

「パートさんたちは現場初めての人ばかりだし調査員は不慣れだし……。そういう現場はここだけじゃないけど、人材不足の中で、西原くんみたいな経験豊富な発掘屋がついててくれるだけで、どれだけ助かってるか」

それは本心なのだろう。

発掘現場は一見のどかだ。ロープが張られた内側は、十字形の畦《あぜ》を残して、全面的に掘り下げられ、一段低くなっている。周囲の樹木はすでに伐《き》られ、土が剥《む》き出しになっていて、荒涼とした雰囲気だ。

発掘面には丸い穴がいくつも開いている。竪穴式住居《たてあなしき》の柱穴だった。

休憩時間が終わり作業再開となった。作業員は発掘坑に戻り、中にしゃがみこんで、各々、ジョレンかけや遺物の掘り出しにとりかかる。掘った土を入れたテミと呼ばれるかご（安来節《やすきぶし》でどじょうをすくうザルに似ている）を傍らに置き、基本的に皆、うずくまっているので、全体的に動きも少ない。水糸を碁盤目状に張ったグリッドの中には、あちこちにピンポールと呼ばれる紅白の細い棒竿が刺さっている。

その隣のトレンチでは、光波測定器を用い、遺物の位置記録と取り上げ作業中だ。ひとりが測定器を覗《のぞ》き、ひとりが遺物のそばにミラーを置いて、もうひとりが測定済みの遺物を取り上げていく。息の合ったテンポのいいかけ声が、現場に響いている。

ネコ車と呼ばれる一輪車で土を運んでいる者もいる。ベルトコンベアーがトレンチ内から土を上にあげ、その先には発掘で出た排土を捨てる「ネコ山」が盛られている。

「思えば、慣れた作業員さんばかりの現場に、私たちも甘えてたのかもねぇ」

「仕方ないすよ。これだけたくさんの現場で、しかも同時進行で調査しなきゃならなくなることなんて、そうそうないことだし」

「……ここは高台移転の用地だったかな？」

と錦戸が問いかけた。そのときだ。

ドオン、という大きな音とともに、地面が揺さぶられた。

「な、なに……っ？」

「発破です」

無量は慣れた口調で答えた。

「さっき、サイレンが鳴ってたでしょ。発破の合図なんです。ここ、沿岸部のかさ上げのための用地なんですよ。この山削って、その土で、町のかさ上げをするっていう」

「低地の土地そのものを高くするのね」

「はい。このへんの岩盤、石灰岩なんで発破で砕いてるんすよ。裏側はもう鉱山みたいな感じです」

「じゃあ、ここの遺跡は完全になくなる運命なわけか」

「遺跡どころか、山ごとですね」

この現場には、かつて古い神社があった。だが、鎮守の杜《もり》は伐採され、神社はすでにどこかに移転するため社殿ごと解体されていた。昨日も神木とみられる大樹が伐られてトラックに載せられていったばかりだ。錦戸は遠い目になった。

「仕方ないわね。街ごと土を盛ってかさ上げしなくてはならないのだもの」

「そうっすね……」

無量は斜面の向こうを見やった。

「削った高台には家と学校が建つそうです。いずれは住宅地になるんでしょうね……」

ここからは海が望める。陽光に輝く穏やかな海だ。

その手前には、広大な更地が広がる。

土の色が剝き出しになった、殺風景な平地が広がるばかりだ。そこをミニカーのようなトラックが何台も往き来している。

かつてあそこには街があった。ごくごくありふれた街並みがあった。たくさんの家があり、店があり、たくさんの人が暮らしていた。

だが、その街は、大地震の後の津波に流されて——。

今はもう、ない。

陸前高田市《りくぜんたかたし》。

岩手県の沿岸南端部、宮城県との県境にある。

南には気仙沼、北には大船渡《おおふなと》があり、南三陸の中核となっている地域だ。

かつては「陸前国気仙郡」に属しており、江戸時代には仙台藩《せんだいはん》（伊達家《だてけ》）の支城・高田城が置かれていた。

東日本大震災では、市街地のほとんどが津波に襲われ、壊滅状態となった。

リアス式海岸で知られる三陸沿岸部は、どこも平地が狭いのが特徴だが、気仙川の河口に大きく平野が広がる陸前高田は、それがゆえに被害が甚大となった。

瓦礫《がれき》の撤去がようやく終わり、更地となった市街地の跡は、かさ上げのための工事が始まっていた。

いく。
一日の作業が終わると、パート作業員たちは送迎のマイクロバスや各々の車で帰って
最後まで残るのは、田鶴調査員だ。陸上選手のような短髪に、まだニキビも残る面長
顔は、学生と言われてもわからない。

「あ、田鶴さん。そのてん箱（コンテナ）だけ残しといてもらえますか」

「なんで？」

「例の土坑《どこう》、ちょっと確認したいことがあるんで」

と無量は答えた。この遺跡からは、縄文時代の住居遺構が見つかっていた。

「ああ。あれか？　君が墓じゃないかと見立てたやつか」

縄文集落では、ごく近くに墓域があるのが、一般的だ。有名な三内丸山《さんないまるやま》遺跡でも、集
落のそばに土坑墓が出てきている。環状集落の中央広場に墓地がある例と、墓が集落に
散在する例とがある。

「T3のが土坑墓だとすると、こっち側に列石を持つ可能性もあるんで、明日《あした》までに遺
物を洗って墓かどうかの確認を」

「はは。どっちが調査員だかわかんないな、こりゃ」

苦笑いしているが、内心、よくは思われていないようだ。

「紛失されたら困るから、ちゃんと記録取って慎重に扱ってくれよ」

投げるように言って、去って行く。

田鶴調査員は、新米調査員だ。指示を出す立場になるのは初めてで、要領もつかめず、悪戦苦闘している。

たいていの現場には、経験豊富なパート作業員がいるものだ。指示もおぼつかない新米調査員よりもベテラン作業員たちのほうが心得ていて、逆に口添えしている様子をたまに見かけることもあったが、この現場で経験者は、なんと無量しかいない。後はほぼ初心者ばかりだ。

無理もない。とにかく人手不足なのだ。

というのは現在、沿岸部の被災地では復興道路の建設や住宅のための用地買収が一斉に進んでおり、開発に伴う緊急の遺跡発掘調査（復興発掘）が同時多発的に行われているためだった。とにかく調査員も作業員も足りない。その支援のため、調査員は全国の自治体から派遣されてきており、田鶴調査員もそのひとりだった。

作業員には地元住民を雇っている。が、ほとんどは初心者だ。雇用の場が失われた被災地で、多少なりとも貢献できるのはよいことだが、発掘作業を全員に一から教えなければならない。不慣れのため、作業も遅れがちだ。

元々、遺跡の緊急発掘は、そうたくさんの現場で同時進行するものではない。主に道路や宅地などの開発に伴い、事業者からの要請で行われるが、ここは奈良や京都のような「発掘銀座」ではない。東北の沿岸部だ。そもそも開発案件自体が少ない。

だが、震災が事情を変えた。

復興道路の建設は被災地の物流を確保するため喫緊を要したし、仮設住宅等での暮らしを余儀なくされている被災者は一刻も早く新しい住宅を建てることを望んでいる。浸水した低い土地には防災上、同じ場所での再建が難しいため、高台への移転が進んでいる。新たに山林を開き、造成される宅地では、緊急発掘の案件も多かった。時間は限られている。

とにかく経験のある調査員と作業員が必要だった。

無量が派遣されたのも、そういう理由だ。

経験の少ない調査員を補助し、作業員を指導すること。それが彼に与えられた仕事だ。三月下旬に派遣されて、すでに一ヶ月。大船渡線の気仙沼駅にほど近い元調査員の家に宿泊しながら、無量は毎日現場通いをしている。

この現場での彼は、田鶴調査員の補佐役だ。

場数で遥《はる》かに勝る無量は、並の調査員以上に現場の仕切りも心得ている。「作業員」という契約の立場上、滅多に前に出ていくことはしないが、今回はそうも言っていられない。「プロの発掘員」として助言を求められれば、応《こた》える。

この現場——祖波《そば》神社遺跡は、そういう現場だ。

田鶴のおぼつかない仕切りっぷりを見ていられない、というのもある。遅々として作業が進まない現場に、さすがの無量も「まずい」と焦り、腹をくくった。珍しくどんどん口を出し、時に田鶴の案を一から覆してみせる場面もあった。田鶴もだめ出しの多さに反発して、ムキになって持論にこだわってみせたりもしたが、無量はばっさり切り捨てる。ついには作業員まで無量のほうに指示を求めてくるようになるに至って、さすがに田鶴も立つ瀬がなくなり、一時期、現場がおかしな空気になったりもしたほどだ。すぐに無量のほうから「指示は田鶴さんに」と言い含めたので体裁は保たれたが、この現場でリーダーシップをとれる人間が誰か、は誰の目にも明らかなのだ。

が、おかげで作業の遅れは挽回《ばんかい》できた。

とにかく工期が迫っている。調査期間自体は二ヶ月ほど設定してあるが、なにせ広域なので、急ピッチで進めなければならない。すでに山の北斜面では掘削工事が同時進行していて、発掘現場のすぐ横を、大型トラックが土埃《つちぼこり》を巻き上げながら走っている。調査しなければならない案件は山積みだ。

無量たちにとって、現場は戦場だ。

＊

「帰ってきても、残業か。体力あるなあ」

庭先にいた無量に声をかけてきたのは、宿泊先の家主・川北仙三《かわきたせんぞう》だった。

川北家は山間《やまあい》の大きな曲屋《まがりや》だ。L字形をした家は、この地方独特の間取りで、川北家は棟の中央に煙だしである「越屋根《こしやね》」を持つ、大きな屋根が特徴だ。かつては二階で養蚕をやっていたそうだが、今は改築して普通に部屋として使っている。

無量はその一室を借りて滞在中だ。

夕食後、ガレージの明かりの下に座り込み、現場で出た遺物を洗っているところだった。水を張ったバケツに遺物を浸《つ》けておき、もうひとつのバケツの水で洗っていく。そこに川北が煙草を吸いに出てきた。

無量はブラシを叩《たた》くように動かしながら、答えた。

「……川北の親父さん。すいません。ガレージ使わせてもらってます」

「洗浄ならセンターの整理員に任せればいいじゃないか」

「いや。今日中に洗って、見て、明日追加トレンチ入れるか決めてもらわないと」

川北は、無量の熱心さにあきれている。

「手を広げてる時間なんてあるのか？　作業ぎりぎりなんだろ」

「でも、いずれ山ごとなくなっちゃう現場っすから」

無量は手を休めない。

「土の下に残せる遺構ならいいんスけど、山ごとなくなるような遺跡は、やれる限り、調査しきらないと」

夜になるとまだまだ冷え込む。家の周りは山林に囲まれているので、日が落ちれば辺りは真っ暗だ。川北が煙草を灰皿に押しつけて消し、「どれ」と隣にしゃがみこんだ。

「手伝おう」

「あ、いいっすよ。俺ひとりでやりますから」

「ふたりでやったほうが早いだろ。君だって疲れてるんだから」

川北は元調査員だ。

若い頃は平泉町《ひらいずみちょう》にいて奥州藤原《おうしゅうふじわら》三代の遺跡発掘調査にも深く関わった。息子も岩手県の埋蔵文化財センターに勤務している。発掘一家だ。

定年退職後は、故郷であるこの気仙沼の家で悠々自適の生活を送っているところだった。が、震災後、被災地の緊急調査で呼び戻された。なんにしても人手不足だったのだ。今はまた嘱託の調査員として現場復帰している。

「亀石《かめいし》くんから噂は聞いてるぞ。あちこち行ってるそうじゃないか」

「ええ。こないだも出雲《いずも》や島原《しまばら》に」

「いいなあ。西のほうは一年中、発掘調査できて」

「東北は、冬の間は現場作業ができませんからね」

「それでも去年は年末ぎりぎりまでやってた。厳しかったなあ。気仙は雪こそ滅多に降らないが、冷え方が半端ないからなあ。今年も三月入ってすぐ始めたくらいだから。こんなに追い立てられるのも珍しい」

慣れた手つきで泥を落としていく。ぼやく川北の隣で、無量は土器片を並べた。

「大変なのは調査員さんたちですよ。毎日現場に詰めて宿泊所に帰ってきたらきたで、今度は重機の手配やら報告書作りやら。残業代が出るわけでもないでしょうし」

「錦戸くんたちも、きついだろうな」

川北は注意深くブラシの先で土器の溝を叩くようにしながら、

「三陸は見ての通り、滅多に開発事業なんてない漁村が多い。開発がなければ、発掘調査もできないわけだし」

行政発掘の宿命だ。開発があるからこそ、発掘する機会がうまれる。

逆にいえば、開発しない地域では、いくらそこに何かがあるとわかっていても、発掘調査をするための予算は得られない。皮肉なことだ。

「沿岸部の縄文遺跡を調査できる滅多にないチャンスだが、こう急《せ》かされちゃ、満足のいく調査も難しいだろう。うちの息子も、試掘を次から次へとこなさなきゃならないってぼやいてた。考えてる余裕もないと。貝塚屋の錦戸くんなら、余計にじっくり向き合いたいだろうに」

「ええ。そう言ってました」

「今朝の新聞にも載っていた。発掘調査が復興の遅れを招いてるんじゃないかって論調だったな」

見ました、と無量は声を落とした。

「遺跡発掘は……余計なことなんでしょうか」

「……西原くん」

「俺は自分が経験してないから、被災した人たちの大変さはわからないのかもしれない。仮設住宅で窮屈な暮らしを続けている人たちは一日も早くちゃんとした家を建てて、落ち着いた暮らしを取り戻したいに決まってる。遺跡発掘はその妨げになってるんでしょうか。こんな非常時に、悠長に大昔のことなんか調べてる場合じゃないって……。みんなそう思ってるんでしょうか」

無量はブラシを動かす手を止めて、思い詰めるような表情になった。

「ほとんどの人にとって、縄文時代の住居跡だとか、貝塚なんて、どうでもいいものじゃないですか。俺たちがしてることは……」

「心苦しいような、そんな気持ちは、わかる」

川北は無量の横顔に語りかけた。

「こういう災害後の大変な時は、復興を急ぐあまり、ついつい目先のことしか考えられなくなる。だが、こんなときだからこそ、近視眼的な見方に陥らず、物事の本質を見誤らないよう、長いスパンで物を見る目を持たなきゃいけないんじゃないかな」

「親父さん……」

「私たち遺跡調査員は日々ずっとそういう見方を養ってきたじゃないか。今こそ、その目を持ち続けることが大事なんじゃないのか」

川北は諭すように言った。

「復興が何より優先だということは、我々だってよくわかっている。だが、遺構は一度壊したら二度と元には戻らない。二度とだ。こんな時だからこそ、長い時間の中での今を、ちゃんと見る人間が必要なんじゃないのか」

川北のしわだらけの指を、無量は見つめている。

そこに刻まれた時間を思うように。

「……そうですね」

今まで、自分のやっていることの意義を、ここまで疑ったことはなかった。

過去を知ることに、なんの意味があるのか。それは衣食住の復旧を後回しにしてまで、することなのか。

「少し色々ありすぎちゃって。焦ってるのかもしれません……」

調査員たちも皆、葛藤《かっとう》の中で発掘を続けている。

行政発掘で工期に追い立てられるのはしょっちゅうだったが、それがこれだけタイトで広域で数も同時多発的というのは、無量も聞いたことがない。大規模開発に伴う行政発掘の例はいくらでもあるが、その後ろに、災害復興という、ここまで地元住民の切実な事情を抱える案件は今までになかった。

遺跡発掘の意義を自分に問う一方で、リミットに突き動かされている。

だからこそ、だ。人手も時間も限られた中で、できる限りの調査成果を出さねばならない。重要な遺構を掘り損なわないよう、持てる限りの技術と経験と勘とを研ぎ澄まし、全力で取り組まなければならない。そういう思いに突き動かされる。

だが、そんな気負いがあるせいで、田鶴との軋轢《あつれき》はひどくなる一方だ。

「なんだ。憂鬱《ゆううつ》そうにして」

「……俺の言い方が悪いんですかね」

「なんのこと」

「田鶴さんに」

「ああ……。彼か。へそを曲げてるみたいだなあ」

川北は、田鶴の師匠だ。

発掘業界にも流派のようなものがあって、手順やらなにやらは、先輩調査員のやり方を受け継ぐことが多い。いわば、師匠と弟子のようなもので意外にも上下関係が厳しい業界でもあった。

「西原くんは鍛冶《かじ》流だからなあ」

と川北は笑った。師匠の鍛冶大作《だいさく》のことだ。

「鍛冶さんの流儀は独特だから」

「まあ、それもあると思うんすけど、それ以前の問題ってゆーか……」

無量も口は達者なほうではない。直感で得たものを言葉にするのが苦手だ。順序立てて説明できず、言いたいことが半分も伝えられないもどかしさもあって、言い方がついきつくなってしまう。それがよくないのは無量も重々わかっているのだが、相手の機嫌を損ねずに伝える方法がわからず、途方にくれている。

「田鶴さんもいっぱいいっぱいなのが伝わってくるんで、これでも気ぃ遣ってるつもりなんすけど、よかれと思って言うのがいちいち気に障っちゃうみたいで。まあ、調査員さんからみれば、作業員なんて格下だろうし、現場しか知らない輩《やから》からエラそうに色々言われても、そりゃ腹たちますよね」

憂鬱そうにため息をつく。川北も苦笑いし、

「うー…ん。まあ、それもあるかもしれんが、本当のとこは、何もできない自分に腹を立ててるんじゃないかな」

「自分に？」

「大学で勉強してきた知識が現場ですぐ役に立つってもんでもない。経験がものを言う世界だしなあ。なまじ君と年もそう違わないから、余計に自分を比べて落ち込むんだろう。誰にだって初めての時はあるんだから、ちっとも恥ずかしいことじゃないのに」

田鶴もきっと頭ではわかっていても、気持ちがついてこられないのだろう。

「後で冷静になれば、君に助けられたことをきっと感謝すると思うよ」

「別に感謝なんていいんすけど」

「まあ、懲りないで辛抱強くつきあってやってくれ。きっと彼も、この派遣で成長するはずだから」

無量には気の重い現場だが、逃げるわけにもいかない。手控えるわけにもいかない。背中にずっしりと重いものを負わされた気がしていた。思えば、ただの作業員でいられ

るのは気楽なことだったのだ。

母屋から川北の妻に呼ばれた。風呂《ふろ》が沸いたという。

「まだあるんで、親父さん。どうぞお先に」

「ああ。あまり根を詰めすぎないようにな」

川北は母屋に戻っていった。

ひとりに戻り、しん、と静まりかえった夜気に晒《さら》されながら作業をしていると、無量は子供の頃を思い出す。化石掘りに熱中してバケツ一杯採掘してきては、こうして夜、ガレージの裸電球の下で洗浄作業《クリーニング》にいそしんだ。

やはり、こうしている時が一番落ち着く。

たったひとりで遺物を一個一個、手にとっていると、本来の自分に戻れる気がする。

右手の中の土器片を見つめた。縄文中期とみられる縄目模様が掌《てのひら》の中にある不思議を今また感じる。こうしていると、土の中で眠っていた何千年という歳月を掌に包んでいる気さえしてくる。

「──長い時間の中での、いま、か」

洗い終わった遺物をざるに置き、ゴム手袋を外した。

無量の右手には、醜い熱傷痕《あと》がある。

子供の頃、祖父に焼かれた。

祖父・西原瑛一朗《えいいちろう》の名は、日本の考古学界では知らぬ者はいない。輝かしい功績を重ねた重鎮だったが、今から十数年前、研究室ぐるみの悪質な「遺物捏造《ねつぞう》」を働き、それが発覚して学界を追われた。世間を大いに騒がせた挙げ句、日本の考古学に多大なトラウマを残した。

普段は革手袋で隠している右手の傷痕を見るたび、無量は祖父を思い出す。その醜い火傷《やけど》の痕を見て「鬼が笑っているみたいだ」と表現した者がいた。以来「鬼の手」だなんてあだ名がついた。

日常生活の利き手も、今は左手だ。よほどの時しか右手は使わない。

その右手で、一度だけ、人を殴ったことがある。

長崎でのことだ。悪漢から萌絵《もえ》を助けるため、手加減なく人を殴った。それが右拳《みぎこぶし》だった。怒りに任せて、つい本当の利き手が出た。

人を殴るほど激昂《げっこう》したことも今までなかったせいか、その感触が妙に残っている。

「なにしてんだ。俺」

萌絵のことが時々、心に浮かぶ。復興発掘の現場に入ってから、余計にだ。お互い憎まれ口がきけるのは遠慮がいらない間柄だった証拠か。思ったことを何も考えずに口に出せるのは、それだけ気を許していたからなのだろうか。ふてくされたり落ち込んだり、お姉さんぶってみたり、笑ったり泣いたり……。年上のくせに落ち着きがなくて、そのくせこっちが弱っている時には、気がつくと、そこにいる……。

「マネージャーなら、たまには顔出せっつの……」

と、その時。絶妙のタイミングで、携帯電話がメール着信を知らせた。

「あっ……」

相良忍《さがらしのぶ》からだった。

画面には、短いメッセージが表示されている。

〝そっちは順調か？〟

〝まだまだ寒いだろうけど、風邪ひくなよ〟

毎日こうしてメッセージをいれてくれる。幼なじみの忍は、無量にとっては今はもう家族よりも近い存在だ。なくてはならない存在だ。だけど、その優しさには何か裏があるのではないかと、ふとした瞬間に頭をよぎることがある。

ＪＫの件は、いまだに真相がわからないままだ。そのせいだ。

……信じたい。

自分の知らない顔よりも、自分に見せてくれる飾らない笑顔こそが、本当の忍なのだと思いたい。そう信じている。

遠く離れていても、繋《つな》がっていられると思えば、安心する。

無量は、杉の梢《こずえ》で明るく輝く星を見上げた。

「風邪なんかひいてられないよ。忍ちゃん」

*

川北の家がある山間《やまあい》の地区から発掘現場までは、毎日、バスでの移動だ。

気仙沼から先は鉄道もまだ復旧していない。レールをなくして舗装した鉄道のルート上を走るBRT（バス高速輸送システム）が、その代わりとなっている。

津波の被害にあった場所は、そこから唐突に風景が変わるので、わかる。すでにおおかた瓦礫《がれき》は撤去され、かろうじて残る建物の土台が、かつての街並みの名残となるばかりだ。

海側は茫漠《ぼうばく》とした更地が広がる。

発掘現場のある陸前高田市は、市街地のほとんどが津波に流された。

かつては海岸沿いに、名所「高田松原《たかたまつばら》」という美しい松林があったが、すべて流され、たった一本だけがかろうじて残った。

三陸沿岸はリアス式海岸が続き、海岸線からは急勾配《きゅうこうばい》な丘陵地となるため、平地はほとんどない。あっても狭いのだが、この陸前高田は唯一広い平野部を持ち、古くから発展した町だった。だが、そのために津波が内陸深くまで押し寄せて、市街地を呑《の》み込み、より甚大な被害を出したのだ。

今はもう更地となってしまった。これから町全体を最大十四メートルの高さまでかさ上げするための大工事が始まる。

道路には土砂を積んだトラックがひっきりなしに往き来している。それでも手が足りず、気仙川に巨大な「土砂運搬用ベルトコンベアー」の橋をかける計画だ。稼働すれば、十年かかるところを一、二年で完了できるという。

まるで見渡す限りの造成地だ。一変した風景の中に唯一建っているのは、まだ取り壊されていない被災した鉄筋コンクリートの建物だけだった。

そのひとつである五階建ての集合住宅は、津波が押し寄せた四階までが、ベランダから玄関までぶち抜かれたように激しく破壊されている。かろうじて被害を免れた五階部分だけは、まだ部屋も当時のまま残っているので、水に浸《つ》かったか浸からなかったかの僅《わず》かな差が、被害の明暗を分けたことを伝えている。

同じく残された道の駅のインフォメーションセンターは、今も内部に瓦礫が残り、めちゃめちゃに壊れた天井パネルや切れた配線が垂れ下がる。高田松原から流されてきた松も建物の中につっかえ棒のように残っていた。津波が来た際、避難できるよう海に面して作られたイベントスペースの長い外階段、その上のほうまで、いまだに漁網が絡みついている。建物の上部までが水に浸かったことを物語っていた。その高さは十五メートルにも及ぶという。

発掘現場に通うバスの車窓から、無量は毎日、その光景を目にする。

そこに街があったことが、何もなくなった今の景色からは想像がつかない。

ここにはかつて、ごくありふれた町並みがあった。

自分たちの日常と何ら変わらない暮らしがあった。しかし、想像ができない。

想像力も黙らせるような、茫漠とした更地が広がるだけだ。今は。

パート作業員には、被災した者も多い。

仮設住宅から通っている者もいる。身内に亡くなった者や行方不明者がいる者もいる。だが、よそ者の無量にも不思議と明るい。そこは他の現場の人々と変わりなく朗らかに接してくれるのだが、

「あそこの角にあった和菓子屋さんの栗最中《くりもなか》も名物だったのよ」

「大きくて食べ応《ごた》えがあったなあ。あそこのご夫婦も、まだ奥さんのほうが見つかっていないのよね……」

何気ない会話の中にふと挟み込まれる言葉が重い。

朗らかにしている彼女たちの中にそれぞれ、あるであろう、あの日の記憶と経験を前に、無量は立ち尽くすような思いがする。

――津波は真っ黒で、まるで海が押し寄せてくるようだった。

避難した高台から自宅が流されていくのをただ見ているしかなかった者。屋根の上に乗った子供が引き波に流されていくのをただ見ているしかなかった者。車ごと津波に流されながらも九死に一生を得た者。一緒に逃げた家族とはぐれ、それきりになった者。

彼女たちは「ふつうに接してくれていいのよ」と朗らかだが、「それを経験していない者」が踏み込んではならない――踏み込めない何かが、深く横たわっているように感じて、言葉が出なくなる。ただでさえ口数の少ない無量だ。

発掘現場はのどかだ。

木々は伐採され、はげ山となっていた。

黄褐色から黒褐色の土が剥《む》き出しになっている。調査区は広範囲で、破壊を最小限にせねばならない古墳などとは違って、調査区内を全面的平面的にごっそり削っていく。

無量たちが担当するのはかつて神社の境内だったところだ。現状保存するための調査ではなく、記録保存（記録だけ残して壊す）とあらかじめ決まっているので、やり直しはきかない。

遺構は、室町時代にあった社殿の礎石、平安時代の工房、その下からは縄文時代の住居である竪穴式《たてあなしき》住居が出ていた。複数の時代にまたがる複合遺跡だ。

住居からは土器片などの遺物が出ていて、取り上げが進んでいる。

初めての発掘で最初は要領を得なかった地元のパート作業員たちも、発掘作業が進み、土器片が出始めるにつれ、そのおもしろさに気づいてきたようだ。

「みてみて。西原くん、また出たよ」

篠崎容子《しのざきようこ》という名の主婦作業員が、目をきらきらさせて報告しにくる。この現場のムードメーカーのような女性で、二児の母だが、無邪気に出土物を喜ぶ姿はまるで宝物を見つけた少女のようだ。

「なんだろ、これ。土器だべか」

土から顔を覗《のぞ》かせた褐色の固まりに、容子は興味津々だ。無量ものぞき込み、

「土偶かもしれないっすね」

「えっ。土偶？　遮光器《しゃこうき》土偶みだいな？」

「出してみないとわかんないすけど」

「私、遮光器土偶好きなの。宇宙人みだいで面白いでしょ？　小学校の陶芸の時間に真似して作ったぐらいなのよ」

日よけのキャディー帽をかぶった容子は、目に見えてウキウキしている。イントネーションに混ざる気仙訛《なま》りが、いかにも三陸育ちだ。

岩手県は縄文王国と呼ばれるほど、たくさんの縄文遺跡がある。

遮光器土偶は、最も有名な出土品だ。大きな目がまるでゴーグルのように見えることから「遮光器」の名がついた。土偶界の人気者だ。

聞けば、容子は土偶好きで博物館を見て回るほどだったという。発掘のパート募集に申し込んだのも、土偶好きがきっかけだった。

「楽しいべなあ。発掘って」

「そーすかね。寒いし、腰とかきつくないすか」

「大変は大変。んだども、宝探しさ、してるみだいで。お祭りや初詣《はつもうで》さ、よく来てた神

社の下にこんなものが埋まってたかと思うと、素直に感動するなあ。ここにも昔から人が住んでたんだべなあ」

「ここにあった神社は、どういう……？」

「金山様《かなやま》」

「金山？」

「気仙地方には金の鉱山がたくさんあったんだって」

この現場の近くにも玉山金山《たまやまきんざん》遺跡という鉱山跡がある。

金山社は一般に「鉱山の神様」とされ、金山のみならず、全国の鉱山や精錬業を営む者たちの守護神として祀《まつ》られていた。

「ここもうっかりしたら金の鉱脈が出ちゃうかも」

「いや、それはどーすかね……」

「金の鉱脈が出たら、この山も、崩さずに済むかなあ……」

容子は遠い目をして、かつて境内だったあたりを眺めた。

「あそこに切り株があるでしょ。御神木だったの。近くにおじいちゃんちがあって、子供の頃、よぐどんぐりさ拾って遊んだなあ。その下にこんな土器や土偶が埋まってたなんて、わぐわぐする。実家も街の真ん中さあっだから、子供の頃の思い出の場所はみんな流されちゃったんだ。んだども、この神社だけは助かったから、いがったね、って喜んでたんだども……」

容子の表情が翳《かげ》った。

この山の土で、街をかさ上げする。

彼女の家のあった地も、ここの土によって埋められてしまうだろう。

仕方がないのは皆、わかっている。津波に住処《すみか》を奪われた人のほとんどは、もう低地には住みたくないだろう。だが、街並みも家も暮らしも、過去の記憶のよすがになるものはことごとく失われた中で、被災を免れた「子供の頃からの思い出」までが「かさ上げ工事」のために奪われてしまうのは、やりきれないのだろう。

「私の思い出の場所は、みんな流されて……削られて……埋められる」

容子は再び遠い目になって、かつて自分の生まれた家があったあたりを眺めた。

「仕方ないんだけどね……」

無量は複雑な表情だ。

仕方がない——この地に来てから何度その言葉を聞いただろう。

いつも朗らかな容子の胸にある、計り知れない喪失感と、過去との断絶感を、無量はただ想うことしかできない。

しんみり言った後で、我に返ったように容子は笑った。

「あ、でも金より土偶のほうが嬉《うれ》しいかな。珍しいものだったら私、名前つけちゃおうっと。さあ、土偶ちゃん出てきなさい」

と袖《そで》をまくり上げる。そこへ田鶴がやってきた。

「……あ、田鶴さん。ちょっと相談が」

　無量が声をかけた。田鶴は目に見えて機嫌が悪い。タイミングの悪さを感じたが、時間がないので今言うしかなかった。

「追加試掘？　今から？」

「はい。社殿の跡を、このグリッドから直交する感じで」

「予定の調査区は全部済んでる。これ以上掘る必要はない」

「遺構が環状に出てるとこみると、こちら側から墓坑がでる可能性が高い。錦戸さんもこのへんの墓のデータほしがってましたし、チャンスはもう今しか……」

「だめだ。この遺跡は切り合いが多いし、測量にかかる時間を考えたら、もうこれ以上は手を広げられない」

　田鶴はにべもなく無量の提案を蹴《け》り倒した。だが、無量も負けてはいなかった。

「工期工期って……っ。目の前に出せる可能性の高い遺構があるのわかってて、あきらめられるんですか。まだ時間はある。できない作業じゃない」

「それで何も出なかったら無駄掘りじゃないか」

「無駄とかは違うでしょ。掘り足らずにするほうがよっぽど」

「君はいいよな。発掘のことだけ考えてればいいんだから。でもこれは呑気《のんき》な学術調査じゃない。あくまで行政主体の案件なんだ。この調査区は他より作業が遅れてるんだから、これ以上わがままを言って困らせないでくれよ」

「わがままなんかじゃないっすよ」

「わがままだろ！」

「ちょっとちょっと……」

つかみ合いになりかけたふたりを見かねて、容子たちパート作業員がなだめにかかった。興奮した田鶴は引きはがされながら、

「なら君ひとりでやってみろ。こっちに迷惑かけないって約束できるなら許可してやってもいい」

「いいっすよ。なら、俺ひとりでやらせてもらいます」

売り言葉に買い言葉だ。無量はたったひとりで追加トレンチを入れることになった。

とはいえ、容易ではない。

表土を剝《は》ぐのも重機に頼らず、人力のみで掘るのは重労働だ。

だが自分が言い出した手前、文句も言えない。後にも引けない。汗だくになって一心不乱に掘り続ける無量のもとに、エンピ（スコップ）を持って近づいてきた者がいる。

「俺、手伝います」

バイト作業員の若者だ。名は高嶺《たかね》雅人《まさと》という。

ぼさぼさの髪に、覇気のない目。がさがさの唇。

現場では唯一の十代作業員だ。極端に寡黙な若者で、無量はまだ数えるほどしか言葉

をかわしたことがない。皆に溶け込むどころか、休憩時間になると、いつもふらりと消えて、離れたところでひとり弁当をかきこんでいる。作業が終わると挨拶《あいさつ》もなく帰ってしまう。無愛想というより人との関わり方がよくわからない。そんな感じだ。

そんな雅人が自分から手伝うと言い出したので、驚いた。

彼の担当区域は発掘が済み、測量は三人ひと組で行っているので、微妙にひとり余ってしまったらしい。

「そうか。助かる」

雅人はエンピを表土につきたて始めた。

よく見れば、色白できれいな顔立ちをしている。明るいところで見ると、瞳《ひとみ》がガラスのように明るい茶色をしている。色素の薄さが忍を思い出させるが、忍よりももっと薄いかもしれない。それがハッとするほど印象的だ。

もっとこざっぱりとした髪型にすれば、今時の若者らしく見えるはずだが、はやりの服装や髪型に興味がないようだ。

「おい。勝手にやるな。指示してないぞ」

見かねて田鶴が口出ししてきた。雅人は億劫《おっくう》そうに腰を伸ばし、

「測量は手ぇ足りてるじゃないですか」

「なら、T3のほう手伝えよ。半裁の途中だろ」

すると、まだ作業中だったグリッドから、容子が顔をあげて大きな声で、

「こっちも、もう手ぇ足りてまーす！」

と助け船を出した。田鶴は顔をしかめ「勝手にしろ」とばかりにトータルステーション（測量器）を覗《のぞ》き込んだ。

包含層まで一気に掘るのは重労働だ。すぐに汗が噴き出てくる。無量は上着を脱ぎ、Tシャツ一枚で掘り続ける。背中合わせに、雅人も掘り続ける。

寡黙な雅人を見ていると、無量は十代の頃の自分を思い出す。人と関わるのが嫌で、現場にも決して溶け込まず、一切のコミュニケーションを拒んでいた頃の。

今でも人付き合いが得意とは言えない無量だが、それでも昔よりは他人を恐れなくなったし、経験を積んだおかげで極端な人見知りもしなくなった。とは言え、自分から進んで他人とコミュニケーションを取る性格でもない。雅人ともお互い会話をかわすこともなく、黙々と土を掘る。

「休憩の時間でーす」

皆があがっても、無量たちは作業を続ける。心配そうに容子が様子を見に来た。

「大丈夫？　ムキになってねが？」

「いいんす。言い出したのも自分なんで」

「何か出てきそうな気配って、わかるもの？　そういうのって経験とか勘？」

「まあ。そんなとこっすかね」

無量が気になっているのは、神木だったというミズナラの切り株がある斜面だ。容子が子供の頃その周りでどんぐりを拾って遊んだという。

緩い斜面だが、そこだけ盛り土をされたようにこぶ状になっているのが、最初から気になっていた。本当にうっすらと盛り上がっているだけなので、普通なら気づかない。

だが、無量はそこに人が手を加えた気配を感じるのだ。

具体的な説明ができるほどの根拠はない。ただ「なんとなく」としか言えない。同じようなことが今までにも何度かあった。右手が囁《ささや》くのだ。


——呼ンデイル。

——アソコヲ掘ラセロ。


作業終了の時間となった。

測量組が片付けを始めても、無量たちはまだエンピを置かない。あたりが暗くなるぎりぎりまで作業を続けるつもりだ。他の作業員が去った後も、掘る手を止めなかった。

雅人も帰ろうとはしない。どころか、ふたりきりになったところで、

「……あの調査員さん、ほんとは自信ないんでしょうね」

突然話しかけてきた。無量は驚いて、エンピで土をすくう動作を止めた。

「なんだって？」

「西原さんの見立てが当たってたら、まずいなあって腹ん中じゃ思ってたんすよ。きっ

と。でも、無駄掘りになった時に責任取りたくないから、あんな言い方したんでしょ」――

雅人は掘るのを止めない。自分から話しかけてくることなど一度もなかったから、無量は驚いた。普通に喋《しゃべ》れるではないか、と。

「周りが立てであげねぇどすぐ拗《す》ねっから、学歴のある人は面倒くさい」

それきりまた黙って、土を掘り始める。

無量はエンピを杖《つえ》がわりにして、雅人のほっそりとした後ろ姿を見つめてしまった。

「…………。暗くなってきたな」

もう手元もよく見えなくなってきた。発掘現場はろくに街灯もない山の中だ。

本当はやめたくない。真っ暗になっても掘り続けていたい。

でも、それは難しい。

「続きは明日《あした》かな」

＊

こんなに起きるのがつらいと感じた朝は久しぶりだった。

昨日一日、物凄《ものすご》い勢いでドカ掘りをしたおかげで、全身ひどい筋肉痛だ。弱音を吐いてもいられず、バキバキの体に鞭打《むちう》って起き上がったのはいいが、階段を降りるのすらつらい。しかし目覚めだけはよかった。体も頭もやけに興奮状態にある。

そのせいか、一番つらいのは「右手のうずき」だ。

朝食の席でも、茶碗《ちゃわん》を持っていられないほどだ。

「おい、大丈夫か。西原くん」

川北夫婦にも心配される始末だ。

「すいません。天気悪いとよく痛むんで」

「今日は夜まで快晴のはずだが？」

古傷のうずきは疲労のせいだと無量は思っていたが、これは明らかに興奮状態のそれだ。うずくばかりか、ぶるぶる震えて止まらなくなってしまうのには閉口した。

「病院に行ったほうがいいんじゃないか？」

「いえ。大丈夫っす。ご心配なく」

無量にはわかっている。これは「前兆」だ。

――あの土を掘りたい！

――あの土を掘らせろ！

昨夜は右手が騒いで、体はへとへとなのにろくに眠れなかった。

たぶん無量自身には認識できない何かがあの現場にあって、それを脳は感じ取っていて、「右手のうずき」という形で無量に訴えかけてくるのだ。

なにかに急《せ》き立てられるように一本早いＢＲＴに乗り、送迎マイクロバスを待たず歩いて現場に入った無量は、調査小屋の前に先客がいることに気がついた。

雅人だった。長靴に履き替えて、道具を出している。

「早いな。一番乗りじゃないか」

「あそこ掘るの時間かかるんでしょ。すぐ始められるように支度しとこうと思って」

ぶっきらぼうだが、見かけによらずまじめな性格なのかもしれない。

「悪いな、雅人」

と無量が言うと、雅人が驚いた顔でこっちを見た。なに？　と無量が問うと、

「あ、いや。……名前覚えててくれたんだって思って」

「そりゃ覚えるだろ。変か？」

雅人は照れ隠しのように顔を伏せ、土嚢《どのう》をどかし始めた。

そうこうするうちに作業員たちが続々と集まり始めた。

「あら。早いね、雅人くん」

聞けば、雅人は容子の下の弟と同学年で、同じ小学校出身だそうだ。母親と兄と、三人暮らしだった。家は高台にあり、被災は免れたものの、母親の勤め先だった水産加工会社が津波で流されたという。職場を失った母親は仕事を求め、家族揃って一関《いちのせき》に引っ越していたが、雅人は学校になじめず、引きこもりになってしまっていた。

学校は中途退学して、ようやくアルバイトを始め、通いだしたのがこの現場だった。今も一関の自宅から毎日一時間半かけて原付バイクで通っている。

「昔から、繊細なところがある子でね」

容子は無量に語った。

「近所に毘沙門天祀《びしゃもんてんまつ》るお寺があったんだども、ご本尊をすごく怖がっちゃって、お寺の子供行事にも来ねがったんだ」

「怖がった？　仏像を？」

「毘沙門天に怯《おび》えちゃったみたい。……怖い怖いって泣き出しちゃって、それからずっと近づかねぐなったんだ」

毘沙門天は仏法を守るという四天王のひとりだ。異国の鎧《よろい》を着て槍《やり》を握り、威嚇するような怖い顔をしている。

「まあ、俺もガキの頃、お寺の山門の仁王像見ては、よく泣いてましたけど……」

「あら。そうなの？」

「ビビりでした」

「雅人くんもそんな子だったから、環境さ馴染《なじ》めながったんかなぁって。わざわざこっちでバイト捜すなんて、よっぽど陸前高田に帰りだかったのかなあ……」

身長だけはひょろりと高いが、薄く頼りない体で、ブルーシートの土嚢をどけている。

無量は黙って、そんな雅人を眺めていた。

仏像を怖がるところも、引きこもりになって遺跡発掘のアルバイトを始めるところも、いちいち昔の自分と重なるではないか。

無量は奇妙な親近感を覚えた。

昼休みになった。一旦《いったん》作業の手を止めて、慌ただしく弁当をかきこむ無量のもとに、容子がやってきて、パート作業員たちの持ち寄ったお菓子を分けがてら、土偶の話でひとしきり盛り上がっていると、そこへ思いがけない人物が現れた。

「西原さん、お客さんっす」

呼ばれて無量がプレハブのほうへと歩いて行くと、現場には不似合いなかっちりスーツ姿の若い女性が立っている。

「げ！ 永倉《ながくら》！」

「お久しぶり。西原くん」

そこにいたのは永倉萌絵だ。連絡もなく突然現れたので、無量は激しくうろたえた。が、萌絵もニコリともしない。仏頂面だ。

「ずっと見てたけど、すてきな方と楽しそうにお話できて、いい現場ですね」

「は？ パートさんと話してただけなんですけど」

「そうですか？ いやに親密そうだったんですけど」

「親密って……。それより、なんであんたがここにいんの」

「派遣した発掘員がしっかり仕事しているか、チェックしにきたんです」

「わざわざ岩手まで？ 暇すぎじゃね？」

少しは察してほしいものだ、と萌絵は首を垂れた。

「文化財レスキュー報告会の打ち合わせで来たの」

津波で被災した文化財を現場から運び出して、元通りに修復する取り組みのことだ。この三陸においても震災直後から行われていた。それらは海水や泥に浸かって損壊または汚損してしまっているため、根気強い修復作業を必要としていた。被災した博物館などから「救出」されて「避難」した被災文化財は、今もなお、専門スタッフの手によって洗浄・修復作業が進められている。

その取り組みは、文化庁を始め県外の文化財研究所なども協力しており、この二年間に行われたレスキュー活動の成果を広く伝えるため、各地の博物館などで展示会を行うことになった。

さきの震災で、いち早くレスキュー活動が行われたのは、ここ陸前高田市だった。被災直後から被災文化財の運び出しを行って、たくさんの貴重な「街の宝」を救っていた。萌絵は関係者との打ち合わせでやってきたのだ。

「西原くんの現場が、レスキュー活動の拠点になってる施設と近かったから、ちょっと寄ってみただけ」

「あ、そーゆーこと」

無量はあっさりしたものだ。

萌絵はサプライズを仕掛けたつもりだったのだが、リアクションは薄いわ、人妻と親しそうにしているのを見せつけられるわ……、さっそく心が折れそうだ。童顔の無量はどこの現場のパートさんたちにも受けがいい。中には若い独身女性もいる。一度現場に入れば、一、二ヶ月は毎日ずっと一緒なので、萌絵も毎回、気が気でない。

「忍は？　一緒じゃないの？」

「相良さんは平泉」

「平泉？　なんで。レスキューと関係ないでしょ」

「あちらは別件。文化庁のお手伝いしてるの。ほら、世界遺産になったでしょ？」

ああ、と無量は合点してうなずいた。

中尊寺《ちゅうそんじ》を始めとする平泉の史跡だ。二〇一一年に世界遺産登録されたばかりだった。今も発掘調査が続いている「現在進行形」の世界遺産であり、そちらの調査で最新の発掘技術を投入することになり、チームをコーディネートするのだという。

「なんだ。平泉なら一、二時間で来れんじゃん」

「相良さんは一泊して帰っちゃうみたい。西原くんによろしくって」

「来ないの⁉　そっけない奴」

「そんなにロコツにガッカリしないでよ。それより発掘のほうはどう？」

無量は現場の状況を説明した。

萌絵が相手だと不思議とすらすら言葉が出てくる。口下手がコンプレックスだとは思えないくらい流ちょうだ。——尤《もっと》も、萌絵もそれが通常運転だと思い込んでいる。

「大変だね。すぐそこの斜面はもうダンプが入ってたし」

萌絵も被災地にやってくるのはこれが初めてだった。

午前中は、文化財レスキューの現場を見ておくべく、タクシーで被災施設の跡を見て回った。いまは建物も撤去され、説明を受けなければ、そこで何があったかを知るのは難しいほど、そこには何もなかった。三月十一日のこと、行方不明者の捜索や遺体の搬送、瓦礫《がれき》の撤去、避難所の生活、その後の復旧……。道を走りながら、おそらくテレビや新聞では報道されなかった痛ましい話も聞いた。今は更地となって土台だけ残る場所を通っては、ここには誰それの家があった、なんの店があった……とひとつひとつ思い返して語る地元タクシー運転手の話には、重くうなずくしかなかった。

追悼施設で黙禱《もくとう》し、津波の高さを記すために残されたガソリンスタンドの壊れた看板を見上げながら、自分が今、日常から最も遠くならざるを得なくなった街にあることを萌絵は嚙《か》みしめた。二年が経ち、地元の人間には逆にこの状況が日常となりつつある中で、よそ者の自分がほんの数時間で見聞したものは、重くて、にわかには受け止めがたかったから、そんな土地で無量に再会できたのは、ありがたいことだった。いつか無量がそうしてくれたように、しっかりと手を摑《つか》んでくれたような気がして、安堵《あんど》した。

それは無量も同じだったのだろう。軽口を叩《たた》く表情が、いつになく柔らかい。いつものように憎まれ口を言い合える相手が戻ってきたようで、ほっとしている。

「あ、もうこんな時間。調査員さんに挨拶《あいさつ》してくるね」

「おう」

萌絵は、仕事の打ち合わせ場所に向かうため、現場を後にした。まだしばらくこちらにいるという。無量の表情が少しだけ明るくなったのは、萌絵という日常がそばにある安心感だったのだろう。

昼休みが終わり、無量たちは作業を再開した。雅人もまたトレンチ掘りに加わった。

発掘は、地道な作業だ。

土の層序を見ながら同じ深さで掘っていく。調査面に達したらジョレンを使いカンナで削る要領で土の層を削っていくのだが、厚さによってはエンピのほうが作業効率がいい。無量のように薄い層でも器用にエンピで剝《は》いでいけるのは、やはり腕がいいからだ。

作業は、無量がずっと気にしていた例の「こぶ」付近に及んだ。

「……やっぱり、なんかあるな。ここ」

土の色が黒く柔らかい。覆土《おおいど》とみられる跡がある。何か違和感がある。土層からみると、縄文のものより新しい。

握っているエンピの先が、コツ、と固いものに触れた。石ではない。たとえエンピの先でも、無量には感触の違いがわかってしまう。

「これは……」

無量はしゃがみこみ、土を軽く手でどけた。何か白いものが見える。移植ゴテ（シャベル）を握って、その周囲を注意深く掘り始めた。

「なんだこりゃ……」

無量の呟《つぶや》きに反応して、後ろでジョレンがけをしていた雅人が覗《のぞ》き込んできた。無量は道具を持ち替えながら、器用に土をのけて、埋まっている「遺物」をあらわにしていく。

「これは……」

骨だ。

おそらく、人骨だ。

一見、人の手のように見えるが。

「これ……指が三本しかなくないすか？」

三本指の骨だ。

無量たちの様子を見て、他の作業員も集まってきた。ざわざわと騒いでいるのを聞きつけて田鶴調査員も駆けつけた。

気味の悪い遺物だった。

それは奇妙な形をした「生き物の手首から先」の骨だったのだ。

「人間の右手……ですよね」

だが、親指と中指と小指しかない。

ばらばらになっているだけかもしれなかったので、その周囲の土も探ってみたが、他の指らしきものは見つからない。掘り進めたが、そもそも腕の骨も、それ以外の部位も見つからない。

「右手だけを埋めた……？　どういうことだ？」

「ねえ。まさかと思うんだども、これ」

容子が作業の様子を後ろから覗き込んで、呟いた。

「鬼の手、じゃ、ねがな……？」

無量はギョッとして振り返った。

「——鬼の手だって……？」

第二章　つわものどもが夢の跡

「すごい人出だなあ。さすが世界遺産。まるでお祭りですねえ」

相良忍《さがらしのぶ》は、車窓の光景を見て、興奮気味に言った。

観光シーズンの幕開けとあって、中尊寺《ちゅうそんじ》はツアー客でごったがえしている。ここ中尊寺は東北でも指折りの観光名所だ。少し前に世界遺産登録されたことが追い風になって人気に拍車がかかっていた。よく整備された道路に次々と大型バスがやってきては観光客を吐き出していく。

岩手県南部の内陸部にある西磐井郡《にしいわい》平泉町《ひらいずみちょう》。

世界遺産で盛り上がる小さな町を、忍が訪れたのは、観光ではなく仕事のためだ。

助手席に座る忍の横でハンドルを握っているのは、作業服を着た中年男性だ。遺跡発掘センター所長の柳原哲夫《やなぎはらてつお》だった。

中尊寺に隣接する発掘現場へと向かっているところだ。

平泉町は人口七〜八千人ほどの静かな町だが、中尊寺の周辺だけは別で、忍はあまりの人出に圧倒されてしまっていた。

「相良さんは中尊寺は初めてですか？」

「はあ。昔、修学旅行で来た覚えが……」

「なら、金色堂《こんじきどう》も見たでしょう。どうでした？」

「いやあ……。それが大勢でワイワイ押し合いへし合いしながら見たせいか『キンキラキンだなあ』っていう印象しか残ってなくて」

ははは、と柳原は大きな声で笑った。

中尊寺金色堂が建てられたのは、今からざっと九百年前。

天治《てんじ》元年（一一二四年）のことだ。

平安時代、この平泉は東北の地に力を持った豪族・奥州藤原《おうしゅうふじわら》氏の本拠地だった。

初代清衡《きよひら》の発願により建立され、創建当初から現存している唯一の建築だ。一辺が五メートルという、きわめて小さなお堂だが、金色堂の名の通り金箔《きんぱく》で覆われ、その比類なき煌《きら》びやかさは、奥州藤原氏の栄華の象徴でもあり、国宝第一号に指定されている。

内部には三基の須弥壇《しゅみだん》を構えていて、その下には、藤原氏三代（清衡・基衡《もとひら》・秀衡《ひでひら》）の遺骸《いがい》と、四代泰衡《やすひら》の首が納められている。遺骸とはミイラだ。

そう。金色堂とは、奥州藤原氏の「墓」でもあるのだ。

三基の須弥壇はそれぞれ「阿弥陀如来《あみだにょらい》」を本尊とし、脇侍《きょうじ》に「観音菩薩《かんのんぼ》《さつ》・勢至《せいし》菩薩」を従え、六体の地蔵《じぞう》菩薩、持国天《じこくてん》・増長天《ぞうじょうてん》を安置していて、それらも金箔に包まれている。

「とても素晴らしいのはわかるのですが、お堂自体がガラスケースに入ってるせいか、博物館の展示物を見てるみたいで……」

「無理もありませんなあ。あのキンキラキンは、昭和の大修理の時に復元されたものなんですよ。その前まではかわいそうなほど荒廃してました。金箔なんかほとんど剝がれてしまっていて、漆螺鈿《うるしらでん》の巻柱も、中はスカスカ、明治の修理もおおざっぱすぎて、落ちた螺鈿を適当にくっつけていたとか、そりゃもうひどい有様だったみたいです」

「そうだったんですね」

実は明治と昭和初期にも修理の手が入っていたが、ずいぶん雑なものだったようで、リカバリもかねて、昭和三十年代に大がかりな解体修理をしている。

それまでの覆堂に替わってコンクリート製の覆堂でがっちりと守り、修繕チームに建築や漆工芸などの大家を集めた、世紀の大修理だった。

「金色堂を丸ごとガラスケースに入れたのも、そのときです。が、それがよくなかった。除湿器の使い方が裏目に出て、漆が剝がれたり、カビを発生させたりしてしまいましてね……」

このままではまずい、ということになり、ほんの十五年かそこらで、またしても大修理・大改装をしなければならなくなってしまった。

「保存のためのあれこれが、裏目に出てしまったんですね……。皮肉なことですね。高《たか》松塚《まつづか》を思い出します」

高松塚古墳の壁画も、同様だ。保存のために手を入れたのが裏目に出て、カビの大量発生で貴重な壁画を損なってしまった。

「前の職場の上司は、飲み会の席でいつもその話をしていましたよ。あればかりは悔やんでも悔やみきれないと」

「へえ。どちらだったんです？」

「文化庁の元職員でした」

「ああ、だから溝内《みぞうち》さんとも昵懇《じっこん》なんだね」

文化財課の職員のことだ。平泉を担当している。

「まだお若いのに文化庁をやめたのかい。なんでまた」

「はは。まあ、色々あって。宮仕えは性に合わなかったのかもしれません。……でも文化財保存の難しさについては、肌で学ぶことができました」

忍の表情が真剣味を帯びた。

「本来朽ちるはずのものを人の手で残すのは、自然に逆らうことでもあるわけですから。高松塚みたいにそのままの形で残すだけなら、土の中で眠らせておくのが一番いい。でも、それだけでは私たちにとっては存在しないも同然ですし」

「残すことと知ること、か。むずかしいなあ」

柳原の同意には実感がこもっていた。

「いつか技術が発達すれば、発掘なんかしなくても、土の中に何が埋まってるか、丸見えにできるようになるかもしれんなあ」

「科学技術の発達も日進月歩ですからね。今回使う、新型のレーダー探査機もそのための……あっ。あそこですか、発掘現場は」

中尊寺のある「関山《かんざん》」の麓《ふもと》だ。国道からは山を挟んでちょうど裏側になるので、駐車場利用者以外には観光客の姿も少ない。田んぼのど真ん中で、今まさに発掘が行われている。

一段低くなったトレンチ内に、数名の男女がうずくまって作業をしている。

車から降りて、柳原が現場監督に声をかけた。

「礼子《れいこ》くんはどこだい？　姿が見えないが」

「ああ、今日は県の教育委員会の人を案内するとかで、現場には来れないそうです」

「あれま。残念だな。ガイドしてもらおうと思ったんだが」

担当調査員は不在だった。代わりに柳原がざっくり説明をしてくれた。

「この田んぼは、昔、大池があったと言われてるんですよ」

「池？　ここに庭園があったんですか？」

「平泉の寺は皆、臨池伽藍《りんちがらん》というスタイルなんです」

大きな池に面した伽藍配置のことだ。

池の中には必ず「中島」と呼ばれる島があり、橋がかかっていて、その向こうにお堂がある。同じく平泉世界遺産である毛越寺《もうつうじ》や観自在王院《かんじざいおういん》・無量光院《むりょうこういん》も、特徴的な臨池伽藍になっている。

「そうか。中尊寺には麓に伽藍があったんですね。なぜか中尊寺だけはお堂がみんな山の上にあるので不思議に思ってたんです」

「創建当時は、この田んぼの辺りに大きな伽藍があったんじゃないかって言われてますよ。初代清衡が遺《のこ》した『供養願文』の中に『鎮護国家大伽藍』という言葉が出てくる」

昭和三十年代にも発掘が行われていて、礎石の跡が見つかっている。

当時はそれが平泉のシンボルだった。

初代清衡の時代、京から平泉にやってきた人々の目に真っ先に映ったのが、その中尊寺の「鎮護国家大伽藍」なのだという。

そして山の上には絢爛《けんらん》豪華な金色堂、巨大な二階大堂……。

「北の王か……。奥州藤原氏恐るべしだな」

晴れた空の下で発掘にいそしむ作業員たちに、忍は無量の姿を重ねた。

ここ平泉から、無量がいる陸前高田《りくぜんたかた》はちょうど真東。車なら一時間半ほどで行ける距離ではある。あちらは沿岸部、こちらは陸の真ん中だ。

「では、ふたつめの世界遺産・無量光院跡を見がてら、発掘センターに行きましょう」

*

無量光院跡は、中尊寺の東――東北本線の線路をまたいだ一角にある。

こちらは三代秀衡の建てた寺院の跡だ。同じく臨池伽藍の立派な寺が建っていたが、今は田んぼになっていて、かろうじて池の中の島が可愛い丘のようになって、名残をとどめている。

「無量、光院か……。なんだか親近感を覚える寺の名だな」

しみじみしている忍の横で、柳原が説明をしてくれる。

「ここは宇治《うじ》の平等院鳳凰堂《びょうどういんほうおうどう》をそっくり真似たと言われてます。金鶏山《きんけいざん》に沈む夕日が、ちょうど本尊の真後ろから差す後光のように見えるよう、計算されてるんです」

平泉が最も栄えた頃の寺院だ。

今も発掘が行われている。忍は復元図と目の前の現場を見比べていたが……。

ふと目の端に、ドイツ製の乗用車が停まっているのが映った。軽自動車や市の公用車ばかりが停まっている中で、場違いな車種だと感じた。

その車の前に、スーツ姿の男たちがいる。

観光客にしてはやけにかっちりとしすぎている。外国人もいるようだ。井奈波《いなば》の重役や義兄の剣持昌史《けんもちまさし》たちを思い出させて、忍は嫌な気分になった。

「あれは関係者ですか」

「いえ……？　なんですかね。最近は海外の方もよく来るんですよ」

脳裏をひっかくものを感じながら、忍は柳原と現場を後にした。

発掘センターは「柳之御所遺跡《やなぎのごしょ》」の敷地にある。

北上川《きたかみ》の、堤防のすぐそばだ。

広い敷地にはかつて大きな「館」があった。二重の壮大な堀に囲まれていたという。史跡公園になったそこは、建物の復元はしておらず、掘っ立て柱などの跡があるのみなので、整備はされているが、一見、なにもなくて殺風景だ。

西には平泉のシンボル金鶏山の稜線《りょうせん》が望める。

「広いですね。これが初代清衡の政庁跡ですか」

「はい。発掘調査から吾妻鏡《あづまかがみ》にも出てくる『平泉館《ひらいずみのたち》』の可能性が高いと」

「吾妻鏡……。奥州藤原氏を語るためには欠かせない史料ですね」

特に源頼朝《みなもとのよりとも》が平泉を占領した際、僧侶《そうりょ》たちに提出させた「寺塔已下注文《じとういかちゅうもん》」と呼ばれる文書は、平泉を解くために最も重要な史料だった。その中に出てくる記述と、ここで見つかった遺構とがぴたりと合っていた。

「バイパス工事に伴う調査でした。過去の調査などから当初はあまり期待されてなかったんですが、広範囲で掘ってみたら次々と。こりゃもう『平泉館』に間違いないと」

「すごいものが出たんですね」

「これを潰《つぶ》すわけにはいかないと、遺跡発掘委員会の先生方が率先して保存を訴え、学会はもちろん、住民あげての保存運動が盛り上がりまして。とうとうあの建設省（現国土交通省）が折れて、急遽《きゅうきょ》、バイパスのルートを変更させたんです」

「そりゃすごい」

「まあ、奥州藤原氏・初代清衡の政庁ですから。本当によかった。壊されないで」

隣接する場所に「柳之御所資料館」という施設があり、出土品が展示されている。柳原のガイドで展示物をひとつひとつ見てまわった。

「意外にも木製品が多いですね」

「ええ。水気の多い土地だったので、よく残ってます。あとよく出るのは圧倒的にかわらけですなあ。とにかく大量に出ます」

「かわらけ……素焼きの杯のことですね」

「ええ。十トン出てます」

「十トン！」

「当時、かわらけはハレの席では一回限りの使い捨てだったんです」

「ああ、それで大量に」

忍はガラスケースの中を覗《のぞ》き込んだ。杯の裏にちょっと不気味な似顔絵が描かれたものまであって、昔の人々の温《ぬく》もりを感じる。

「平泉の出土遺物の特徴は『平泉セット』というんですよ」

「平泉セット？」

「手づくねかわらけ、渥美《あつみ》・常滑《とこなめ》の国産陶器、それに中国産白磁です。それら三つがセットで出るところは、平泉の権力が及ぶ範囲だった証拠とみなされます」

「なるほど」

「ここにあるのは柳之御所のもののみですが、無量光院などの世界遺産登録された史跡から出たものは、文化遺産センターのほうに展示保管されてますので、後ほど案内しますよ」

「あれ？　柳之御所は世界遺産じゃなかったんでしたっけ」

「残念ながら」

柳原センター長は申し訳なさそうに笑った。

「平泉の世界遺産は、テーマがあくまで『仏国土を表す建築・庭園及び考古学的遺跡群』なので、寺院は資産に入るのですが、政庁である柳之御所は外れてしまっているんです」

「意外ですね。政治と宗教は別枠ということなのかな。でも肝心の奥州藤原氏をスルーしていいんでしょうか」

「私も、それを築いた主体である藤原三代の営みも入れなければ、完全ではないと思うんですがね。普遍的価値という部分で、仏教の浄土思想がメインになったようですね」

「なるほど。奥州藤原氏はすごかった、という意味での世界遺産ではないわけだ」

世界遺産に登録されるのも大変だ、と忍は肩をすくめた。

だが、ここを見ているだけでも、平泉には全国から物や人が集まってきたことが実感できる。

「奥州藤原氏は、都で源氏だ平氏だと大騒ぎしていた時に、泰然と距離を置いていたのですよね？」

「泰然としていたかは、わかりませんが、京都から頼朝追討の宣旨《せんじ》を受けても動かなかったくらいですからねえ。まあ、当時の主《あるじ》・三代秀衡にとっても、白河関《しらかわのせき》を越えてまで出兵する、というのは大変な覚悟がいったでしょうし」

「確かにリスクは高いですよね」

「勢力図がめまぐるしく動く時代でもあったから、舵《かじ》をとるのも大変だったでしょうな。平泉は北上川もあって交通の要衝です。北は北海道まで。北方交易を握っていたことが、この繁栄を支えていたと言われてます」

「鎌倉幕府に滅ぼされなければ、もうひとつの日本の都になっていたかも……なんていうのは、夢を見過ぎてますか？」

「ははは。そこは秀衡に聞いてみないとね」

「やっぱり義経《よしつね》ですか」

忍はガラスケースの中にある「猫の足跡が残るかわらけ」を眺めながら言った。

源義経。言わずと知れた、源平合戦のヒーローだ。

鎌倉幕府を開いた源頼朝の弟で、弁慶《べんけい》らを従えて平家一門を滅亡へと追いやった。

「義経は少年時代、平泉で過ごしていましたよね。三代・秀衡はもうひとりの父親のような存在だったと。兄・頼朝に追われた義経さえかくまわなければ、奥州攻めはなかった？」

「逆に、秀衡のほうも義経を擁立して、鎌倉と対峙《たいじ》する心づもりだったろうと思うんですよ。一方の源氏にとって奥州奪還は悲願です。頼朝もいずれは北方の支配権を手に入れようと虎視眈々《こしたんたん》狙っていたでしょうからね。対立は避けられなかったと思うが」

「北方攻略の口実を与えてしまったことには変わりないかもしれませんね」

「頼朝にしてみれば、よくぞ逃げ込んでくれた、とほくそ笑んだかも知れません」

平泉は秀衡の代に最も栄えたと言われている。その秀衡は、不運にも、義経が平泉にやってきてからほんの九十日後に息を引き取った。

――義経を大将軍に据えて、国事にあたるよう。

秀衡は、そう遺言していたという。

が、その二年後、四代泰衡は鎌倉の圧力に屈し、義経を討つことになり――。

義経にとって、平泉は最期の地となった。

義経を討った泰衡自身も、家臣の裏切りに遭い、頼朝の命令で首を刎《は》ねられている。

「実は、頼朝は初めから義経が奥州に逃げ込むのを見越して追討した、とか……？」

「だとしたら、とんだ策士ですねえ」

「かわいそうに。やはり義経は、奥州藤原氏にとって初めから招かれざる客だったのかな……」

そうひとりごちて、忍は同情するようなため息をついた。――滅びを呼んだ男、というわけか。

その後、柳原に連れられて平泉遺跡発掘センターの事務所へとやってきた。

ここでは出土品の整理作業が行われている。整理員が出土品の洗浄、注記、実測といった作業に携わっている。

名を呼ばれて奥の席から立ちあがったのは、作業服を着た男性調査員だ。まだ三十代半ばといったところか。よく鍛えていそうな体格は、ラグビー選手を彷彿《ほうふつ》とさせる。

しかし目鼻立ちは淡泊な公家《くげ》顔で、都から東北にやってきた貴族を思わせる。細身の眼鏡をかけているせいもあり、インテリマッチョとでも呼びたくなる風情だ。

ラガーマン風の男性調査員は、首に巻いたタオルをとって頭を下げた。

「はじめまして。今度の発掘で調査責任者をさせてもらいます、及川啓次《おいかわけいじ》です」

「及川くんはさっき見てきた大池遺跡の発掘も担当してる。うちのエースだ」

聞けば、昨今の発掘ではめざましい成果を挙げているという。及川は謙遜《けんそん》して、

「たまたまですよ。たまたま当たりの多い現場を続けて担当させてもらっただけです」

「亀石《かめいし》発掘派遣事務所の相良忍です、よろしくお願いします」

ふたりは名刺を交換した。

「平泉はさすがに発掘が盛んですね……。あちこちで掘ってる」

「ええ。ただ世界遺産に登録されてしまったので、資産に入ってるところの発掘成果は世界遺産委員会にも報告しなければならないのです」

「それは面倒な」

「まあ、ものによっては構成資産が増えることもありますからね。実はちょっと狙っている遺物がありまして」

「それはどういう……」

「にわとりです」

は？　という顔を、忍はした。

「にわとり……ですか」

「はい。金鶏山に三代秀衡が奉納したと言われてる『雌雄一対の金の鶏』です」

平泉のシンボルであり、街造りの中心になった山だ。

藤原三代がお経を収めた銅製の経筒を埋めたとの記録がある。昭和の発掘では、実際にその経筒が見つかっていた。

「そこに秀衡が金でできた鶏を埋めたんですか」

「言い伝えですよ。本当かどうかもさだかじゃない」

と柳原が横から笑い飛ばした。

「昔からまことしやかに言い伝えられてるもので、他にも金銀財宝を埋めた、とかなんとか。それを狙って盗掘や濫掘《らんくつ》があったようです。でも見つかっていない」

「埋蔵金伝説、みたいなものですか」

「しかも埋めた場所を示す歌まであるんです」

それはどんな？　と忍が身を乗り出した。柳原はそらんじて、

「〝朝日さし　夕日輝く木のもとに　漆満杯　黄金億置く〟……誰が考えた歌か知らないが、もっともらしく聞こえるけれど、朝日がさして夕日が輝く木なんて、ありふれすぎてヒントにならない」

忍も苦笑いするしかない。

「確かに藤原三代は黄金で栄えたと言いますし、黄金で鶏の置物を作っていてもおかしくはないが」

しかし及川は、至極大真面目に関心を寄せていた。

「……もちろん金銀財宝狙いというのではなくて、学術的にですが。ただ埋蔵金伝説のおかげで、金鶏山は昔から濫掘が多く、調査しても攪乱《かくらん》だらけで……なかなか」

好事家が勝手に掘ってしまったこともあったようだ。

ロマン溢《あふ》れる伝説が、学術調査の妨げになってしまっている。

「すでに掘り出されてるという可能性は？」

「なくもないですね。だが、そうなると、全く世間に出てこないのも不思議です。まあ、とっくに溶かして金塊にしてしまってたら、話はそこまで、ですが」

立ち話もなんなので……と奥のテーブルに案内されかけた時、応接室から厳《いか》めしい

スーツ姿の男たちが出てきた。「現場検証の結果がわかり次第また連絡します」などと言っている。発掘のことかと思ったが、雰囲気がやけに物々しい。

「……警察のひとですか？」

と忍が訊《き》いた。柳原は少し表情を曇らせて「はい」とうなずいた。

「実は、出土品が何者かに持ち出されたようで」

「盗まれたんですか？　遺物が」

「はい。収蔵庫に保管していたものが紛失しているのがわかりました。どうやら盗難に遭ったのではないかと」

出土品の盗難とは聞き捨てならない。忍は神妙になり、

「盗まれたものはどのような」

「高屋跡……高床式の倉があったところから出た青白磁の皿などでした」

「転売目的でしょうか」

「かもしれませんが、一、二個を除けば、どれも破片を接合して復元したものなので、美術品としての価値がさほどあったとも思えないんです」

と柳原はしきりに首をひねっている。及川が後を引き継ぎ、

「実は数ヶ月前から、周辺の寺で仏像が盗まれたりする被害が出ていて。平泉ゆかりの出土品というだけでも価値は高いですから、海外の転売グループに狙われてるんじゃないかと」

「それはまずいですね……」

忍の目つきも鋭くなった。警備装置を増やしたり、収蔵庫に監視カメラを増やすなどして対応しているというが……。

場所によっては扉をバールでこじあけていたりもして、犯人は荒っぽい手段もいとわないようだ。

「これ以上被害が広がらないといいが……」

*

その夜は、顔合わせを兼ねて、柳原たちと呑《の》むことになった。

平泉は小さな町で、飲食店も少ない。忍はホテルを隣町である一関《いちのせき》の駅前にとっていたこともあり、そちらの居酒屋で呑むことになった。岩手の地酒を飲み、一関名物の餅《もち》料理に舌鼓をうちながら、発掘の苦労話、世界遺産登録の裏話……などで宴《うたげ》は盛り上がった。

二軒目のスナックでは柳原センター長がマイクを握り、なじみのママとデュエットだ。拍手で盛り上げる忍に、及川が隣から話しかけてきた。

「相良くんは文化庁にいたとか」

「ええ。ほんの二年ほどですけど」

「出世街道を放り出して、発掘コーディネーターを目指したのはどういうわけだい？」

ウィスキーを三杯呑んで、酔いは十分まわっていたのだろう。すっかり砕けた口調になっている。忍もお茶を濁すように、

「えーと、その……文化庁の仕事はやりたいことと違ったといいますか……。発掘調査に直接関わる仕事がしたかったんです」

「発掘経験は？」

「ありません」

「なら、一度やってみるべきだ。明日《あした》、一緒に現場に入ってみないか」

「いやいやいや。僕はあくまでコーディネーターなので」

及川ががしりと肩を組んできた。発掘屋は体育会系が多いのだ。

「発掘体験のひとつもなくて果たしてコーディネーターが務まるのかな」

酔いが回っているせいか、しつこい。ママとデュエットする柳原の、お世辞にも上手とは言えない歌声がいっそう大きくなった。すると、及川が忍に顔を近づけてきて、耳元に囁《ささや》いた。

「なあ。君のとこに西原無量《さいばらむりょう》っていう、有名な当たり屋がいるだろう？」

だしぬけに名前を出されて、忍はどきりとした。及川は声を潜め、

「その西原無量をうちによこしてくれないか」

「無量を、ですか？」

「指名すれば派遣してくれるんだろ。『宝物発掘師《トレジャー・ディガー》』をうちにくれ」

「あいにく西原は今、三陸のほうに行ってまして」

「三陸？　すぐそこじゃないか」

「今は復興発掘のほうに」

「違約金をだせば、契約途中でも派遣先を変えられるんだろ？　むろん、そこはこっちで負担する。次の発掘は勝負なんだ。西原無量をよこしてくれ。な、頼む」

拝み倒されて忍は困った。確かに（先方との協議も必要だが）契約期間中に別現場に移動した前例もある。しかし調査期間はまだ予定の半分で、その現場が終わっても、次の現場が待っている。

「なら二週間でいい。頼む。どうしても西原無量の『鬼の手』を貸して欲しいんだ。平泉研究の発展のためだと思って、この通り」

エコーを効かせすぎた甘ったるいデュエットが、サビのフレーズにさしかかった。狭い店内に柳原の調子外れな歌声が響いている。

及川は酔いの勢いに任せて言ったのか、と忍は思ったが、よく見れば、及川の目は全く酔っていない。酔わずに至近距離でじっと睨《にら》んでいる。

「……う、上と相談してみます」

忍はそうとだけ答えた。

柳原たちを代行業者の運転する車に押し込んで、忍がようやくホテルに帰ったのは、十二時を過ぎた頃だった。上着をハンガーにかけ、酔い覚ましの水を飲み干した時、スマホにメールが着信した。

送信者は「ＪＫ」とある。

〝The answer to your request（要請の件）〟

英文のメールだ。

忍はベッドに腰掛けると、中身をざっと読んだ。

それは近年、活動が著しい「国際窃盗団」に関する情報だった。

世界各国で価値ある文化財や出土品を盗み、裏ルートで売りさばいているという、犯罪シンジケートのことだ。そうして稼いだ金は、国際テロ組織の活動資金に流れているという。本拠地もわからず、構成員も規模も不明。謎の多い組織だった。

そのシンジケートは「コルド（アラビア語で「もぐら」の意）」と呼ばれ、日本も狙われているとの噂が少し前からあった。

〝連中の手口は、身元を隠して現地の関係者に近づき、巧妙に利用するというものだ。外国人を使ったラフな手口も見受けられるが、仲買人が入るので尻尾《しっぽ》が摑《つか》みづらい。先日、裏マーケットに出てきた快慶《かいけい》の仏像も、数年前に日本の寺で盗難に遭ったものだった。オークションでも、日本の盗難古美術品の出品が増えている。

出品者とコルドとの繋《つな》がりは現在、調査中だ。連中が日本で活動しているのは間違いないが、平泉の盗難に関わっているかは断定できない。だが縄文時代の土偶と平安時代の古美術は、いま海外の蒐集家《しゅうしゅうか》に人気があるからね。オークションでも高く売れるそうだ。平泉は世界遺産にもなったばかりで、注目されてる。裏マーケットでも引く手あまただからね。

コルドの詳しいデータは添付ファイルを見てくれ。また何か情報が入ったら、逐一、送るよ。ラフな手も使う連中だから、まあ、君も気をつけてくれたまえ〟

JKからのメールは、そんな言葉で締めくくられていた。

さらに「追伸」として、もう一件、短いメッセージが添えられている。

〝ところで、〈革手袋《レザーグラブ》〉のレポートはまだかい？　次のミラクルも楽しみにしてるよ〟

忍は溜息《ためいき》をつくと簡単な返信だけして、ファイルを保存すると、届いたメールは「ゴミ箱」に放り込んだ。

「……古美術専門の国際窃盗団、か」

及川たちが話していた平泉の文化財窃盗も、彼らの仕業なのだろうか。

証拠に繋がるものもないから、安易には結びつけられないが。

メールの送り主「JK」は、民間軍事会社GRM（グランドリスク・マネジメント社）のエージェントだ。国際テロ組織の壊滅に力を注ぐ大国は、彼らの太客《ふときやく》であり、資金源を断つための活動も、彼らの仕事のひとつだった。

古美術品の売買が、国際テロ組織の資金源になっていることは、ずいぶん前から指摘されていた。テロ組織は自国内の古美術品のみに留《とど》まらず、海外の古美術品も盗み出し、裏マーケットやオークションで売りさばいて稼ぎを得ている。

いま最も厄介な「コルド」の活動情報も「JK」のもとには集まってきていた。

忍は溜息をついた。

「関係ないことを祈るよ、JK……」

独りごちて、スマホ画面に目線をおとした。

メールボックスには、陸前高田にいる無量からのメールもあった。

「〝鬼の手が出た〟だって……？」

意味がよくわからない。

気になる。

もう深夜なので携帯電話を鳴らすのは気が引けたが、三回鳴らして出なかったら切るつもりでかけてみると、二回目のコールで無量が出た。

『忍ちゃん？　メール読んだ？』

「ああ。どういうことなんだ？　鬼の手が出たって……」

電話の向こうの無量も当惑しているのだろう。歯切れが悪い。

『……俺もよくわかんないんだけどさ……。なんかまた変なもの出しちゃったみたいで……』

と言い、ため息まじりに今日起きた出来事を語り始めた。

＊

それは午後の作業が始まってまもなくのことだった。

──なんだこりゃ……。

神木だったという切り株のそばから出てきた。人間の手によく似た骨だ。右手のようだ。しかし三本しか指がない。親指と中指と小指、のように見える。あるべき人差し指と薬指が見当たらない。

元々こういう形なのか。それとも欠損しているのか。

──鬼の手じゃねがな。これ。

発掘坑にしゃがみこんだパート作業員・篠崎容子《しのざきようこ》の呟《つぶや》いた一言が、物議を醸した。

「鬼の手……って。なんのことすか」

内心、無量は動揺した。容子は朗らかに、

「ああ、あのね。私のおばあちゃんちがある村に、『鬼の手』だって伝えられてるミイラがあるの。その手も三本指だったから」

無量は雅人《まさと》と顔を見合わせた。

「その『鬼の手』は本物なんすか？」

「わがんね。私も子供の頃見た覚えがあるけど、人の手よりも一回りくらい大きくて、形もちょうどこんな感じだったなって」

ばかばかしい、と一蹴《いっしゅう》したのは田鶴《たづる》調査員だった。

「猿の手か何かだろ。鬼の手なんてあるわけない」

「わかりませんよ。鬼でねがったらＵＭＡ（未確認生命体）かも！」

ムキになる容子を見て、無量はちょっぴり萌絵《もえ》を思い出した。

「いや……やっぱり人間の手じゃないすかね。指は欠損してますけど……」

「にしては、ちょっとでかすぎじゃないの？」

と雅人が横から言った。無量は悩んでしまう。

「土坑の立ち上がりと攪乱《かくらん》具合からすると、工房跡の陶器片と同じくらいの頃に埋められたんじゃないかと」

「とすると、平安後期から鎌倉、か……」

「あと周りの土が黒い……。有機質土層になってるところを見ると、何か木製の棺《ひつぎ》か箱のようなものに入っていたのか。にしては骨がよく残ってる」

無量は探偵よろしく顎《あご》に手をかけた。

「確か、このへんは貝塚も多くて洞穴も……」

そのとき、またドオンという音とともに衝撃が辺りを襲った。発破音だ。無量は顔をあげた。目と鼻の先で、かさ上げのための掘削工事をしている。石灰岩の岩盤を砕くためのダイナマイトが爆発したのだ。

「そうか。石灰岩のカルシウムが溶け出して人骨を保護した可能性もあるかな」

「TS持ってきて。取り上げてすぐに洗浄を」

「いや、古人骨はむやみに水洗いはしないほうがいいんすよ。……雅人、この土ちょっとフルイにかけて。何か混ざってっかもしんないから」

結局、橈骨尺骨《とうこつしゃっこつ》は出てこなかった。

右手だけが、埋められていたのだ。


――きた。


それが萌絵の第一声だった。

発掘が終わって、無量は「打ち合わせ」から帰ってきた萌絵と落ち合った。萌絵は気《け》仙沼《せんぬま》の駅前ホテルに泊まっていて、夕食を一緒にとることになり、今日の発掘成果をひととおり聞くことになった。

レストランで、無量は焼き魚をつつきながら、携帯に納めた写真を萌絵に見せた。

萌絵はもう驚かなかった。「さもあらん」とばかりに眉《まゆ》を下げた。

「やっぱり出ちゃった。これだから『宝物発掘師《トレジャー・ディガー》』は……」

「好きで出したわけじゃねーし」

「どうするの？　もしこれが本当に『鬼』の手だったりしたら。完全にＵＭＡ発見だよ。ついに未知の生物発見になっちゃうよ」

容子と同じことを言っている。やはり思考体系が似通っている。

無量はあきれながら味噌汁《みそしる》をすすった。

「鬼なんかほんとにいるわけないでしょ。なんか別の生き物じゃね？　ゴリラとかマントヒヒとか」

「まがりなりにも恐竜発掘のエキスパートなら未知の生物をもっと推してよ」

「ほんとに未知ならね」

「でも岩手はカッパ伝説とかあるし。鬼の伝説なんかもあちこちにあるみたいだから、本当にいたのかもよ？」

「どうしてもそっち方向に話を持って行きたいみたいだけど、ちがうから。鬼っていうのは、よそ者とか敵とか外国人とかいうけど、そもそも人間だから」

「いや。います。鬼は鬼っていう未知の生き物なんです」

「あのな」

「なんなら賭《か》ける？　負けないよ」

萌絵はやる気満々だ。無量は「あほらし」と一蹴した。

「鬼かどうかより、なんで右手首だけが出てきたのか。そっちのが気になる」

「木箱に入ってたみたいなんでしょ？　きっと誰かが鬼退治した鬼のだよ。右手を切られちゃったんだよ。鬼が落としていった手首を誰かが箱にいれて、神木のもとに埋葬したんじゃないのかな」

萌絵はいっぱしに推理めいたことを言うが、無量は自分の右手が切られたような気がして、ぞわぞわしてしまう。

「地元にそういう言い伝えは残ってたりしないの？」

「そういや篠崎さんが」

「篠崎さん？　調査員さん？」

「いや。パートの」

「もしや、あのショートカットの可愛い人？　西原くんといちゃいちゃしてた」

「してないし。その篠崎さんのおばあちゃんちが宮城県の姥ヶ懐《うばがふところ》ってとこらしいんだけど、そこに『鬼の手』だって伝えられるミイラがあったって」

ちょっと待って、と言い、萌絵はスマホを取りだして検索をかけた。

「あった。これかな」

と萌絵が無量に見せた。画像が載っている。

骨とも標本ともつかない、白い三本指の手首だ。

「……あ、うん。こっちは作り物っぽいけど」

「村田町《むらたまち》の民俗資料館のようなところに常設展示してあるみたい。鬼の頭もあるって。その姥ヶ懐ってところには鬼伝説があって、渡辺綱《わたなべのつな》が。ん？　綱って確か」

「ツナ？」

「源頼光《よりみつ》の四天王」

平安時代、藤原道長《みちなが》に仕えていたという人物だ。大江山《おおえやま》での酒呑童子《しゅてんどうじ》退治で知られ、渡辺綱・坂田金時《さかたのきんとき》・卜部季武《うらべすえたけ》・碓井貞光《うすいさだみつ》ら四天王と呼ばれる勇猛な武将を従えていたという。

「渡辺綱の鬼退治と言ったら、一条戻橋《いちじょうもどりばし》のじゃないかな」

と萌絵が言った。

「なにそれ」

「綱が一条戻橋で出会った、鬼女のお話」

「鬼女？」

「うん。ある夜のことね。綱さんは、橋で会ったきれいな女の人に頼まれて、馬に乗せてあげたんだけど、その女の人がいきなり――

――我が行くところは愛宕山《あたごやま》ぞ！」

と叫んで、綱の髻《もとどり》をひっつかみ、西北の空へと飛んだという。

「うわ、大胆。そんで？」

「綱さんは咄嗟《とっさ》に、髭切《ひげきり》っていう名刀で女の人の腕を切り落としたの。綱は北野天満宮《きたのてんまんぐう》の社に落ちて、女の人はそのまま愛宕の方角へ飛んでいっちゃうわけ」

残された腕を見ると、びっしりと白銀の毛が生えていたという。

頼光が安倍晴明《あべのせいめい》にこのことを占わせると、大凶と出たので、綱は七日間慎み、鬼の腕を櫃《ひつ》に封じて仁王経《にんのうきょう》を読んだ。が、六日目。綱の養母にあたる伯母《おば》がやってきて、綱は禁を破り、請われるままに鬼の腕を見せてしまう。すると突然、伯母は鬼女と化し、

——これは我が腕だ。持って行くぞ。

と言い放って、腕を奪い、再び空へと飛び去ったという。

話を聞いていた無量が、自分の右手を押さえて顔を歪《ゆが》めた。

「い、痛い痛い。なにそれマジびびる。つか、なんであんたがそんな話知ってんの」

「これでも必死に勉強してるんです。コーディネーター試験に受かるために」

無量は右手をさすりながら、首をかしげた。

「その鬼女は手を取り返して行方不明になったんだろ？　てことは、その後、蔵王《ざおう》の麓《ふもと》の姥ヶ懐ってとこまで逃げてきて、鬼の手を遺《のこ》したってこと？」

「商家に伝わっていたってあるから、そのあたりの由来はわかんないけど……。しかも鬼の頭まであるんだよね。そもそも本物なのかな？」

萌絵は再び検索をして「おや」と声を発した。

「まだある。大分県にも」

「大分にも？」

「宇佐《うさ》市のお寺に鬼のミイラがあるんだって。三本指の鬼の手も」

「三本指？　またか？」

鬼のミイラは全国各地にあるようだ。そのほとんどは動物の骨や角を無理矢理接合させた偽物らしいが、宇佐のミイラは学術調査したところ「人間のＤＮＡ」が検出された。

「げっ。なにそれ。やっぱ鬼なん？」

「しかも女性。身長は二メートルもあったみたい」

「でかっ」

「鬼かどうかはともかく、大きな女性だったのは間違いないね」

そこには特に鬼退治の伝説はないようだが、「三本指の右手」という共通点がある。

無量はあらためて今日出した「謎の右手」の画像を眺めた。

「鬼の右手か。このへんにも鬼の伝説があるとか……？」

「明日《あした》、文化財レスキューの件でお世話になってる学芸員さんと会えるから、ちょっと聞いてみようか？」

確かに謎の遺物ではある。遺物の正体を探るのは基本、無量たち作業員の仕事ではない。どちらかといえば、調査員がやるべき仕事だ。だが無関心でもいられない。「鬼の

右手」などと言われては他人事《ひとごと》には思えなかった。すると横から萌絵が、

「もしかして、また『鬼の手』がうずいちゃった？」

「ちがうから」

「どうする？　西原くんの右手まで狙われたら」

「やめろ。縁起でもない」

「夜中に襲われて、ばっさり切られちゃうかもー」

「やめろって。寝れなくなるだろ」

「こわいんだ」

「こわくない」

とは言え、まだ発掘途中だ。掘り進めれば、今度は頭部他の部位が出てくるかもしれない。右手のほうは明日以降に取り上げを済ませたら、整理員による作業が終わった後、分析に回される。怪しげな伝来物とは違って、まがりなりにも「出土遺物」なので科学分析する筋道が整っている。

「それでホントに鬼だったらどうしよう……」

「実はカッパかもよ」

「いっそカッパのほうがいい」

それにしても、また面倒な遺物を出してしまった。

ただでさえ工期に急《せ》かされているのに、これ以上、おかしなものが出てきたら縄文時

代の墓域調査どころではなくなってしまうかもしれない。

無量はため息をついた。

「明日も早起きかな……」


忍に報告メールを送ったのは、そんなやりとりをした後のことだった。

電話の向こうの忍も、不可解そうな反応だ。とは言え、鬼だと信じたわけでもなかった。

『首ならわかるが、右手か……。その右手にはどういう意味があったんだろう』

「俺とおんなじこと言ってる。鬼ってとこは気になんないの？」

『本物の鬼とは思わないけど、何か特別な意味を持つ右手だったんじゃないだろうか。その現場の山には神社があったそうだけど、何か言い伝えみたいなものは残ってない？』

「確か、金山様《かなやま》を祀《まつ》ってるって」

『金山様？鍛冶屋《かじや》や製鉄なんかの神様だ。鉱山も、だったかな？』

「永倉が、地元の先生に会った時、聞いてみるって」

『永倉さんって呼べよ。年上だろ』

「いいんだよ。永倉で」

電話の向こうの忍は呆《あき》れたように言った。

『目と鼻の先だから、すぐにでも飛んでいきたいところだけど、ここは永倉さんに任せるよ。それより、おまえにちょっと相談——』

と言いかけて、忍は言葉を止めた。平泉への派遣依頼のことだ。だが酒の席での話だし、正式に依頼されたわけでもない。復興発掘に一生懸命になっている無量に、水を差すような気もして、言い出すのは憚《はばか》られた。

「なに？」

『いや、なんでもない。今度の休み、会わないか』

「え？　東京に帰るんじゃないの？」

『土日は泊まることにしたよ。週明けにまた来るのも面倒だし』

やった、と無量の声がはねあがった。あからさまに喜んでいる。

「メシ喰《く》お。メシ。肉喰いたい。がっつりしたの」

財布目当てか、と忍は肩をすくめた。無量と食事をするのは、ひと月ぶりだ。

『いっぱい喰わせてやるから、ちゃんと鬼の手以外のものも掘り出すんだぞ』

＊

翌日、朝から再び、平泉にある遺跡発掘センターを訪れた忍は、事務所の前にパトカーが止まっていることに気がついた。赤色灯を派手に点灯させている。

そういえば、昨日も盗難騒ぎで警官がやってきていた。また聞き込みだろうか、と思って中に入っていくと、私服警官らしき人々が集まって鑑識係があちこちで作業している。職員たちは事情を訊《き》かれていて、昨日よりも物々しい。そこへ慌ただしくやってきたのは、及川調査員だった。

「及川さん、おはようございます。何かあったんですか」

「いや、大変なことになった」

「大変な？　一体何が」

「柳原センター長が強盗に襲われた」

忍は驚いた。

「いつですか！」

「昨日の帰りだ。代行の車で俺を降ろして帰った後」

自宅前で待ち伏せられていたらしい。柳原はだいぶ酔っていて、代行業者が帰った後、潜んでいた何者かに襲われた。財布と遺跡発掘センターの鍵《かぎ》を奪われたという。

「センターの鍵を？　それで柳原センター長は」

「ああ。抵抗したときに転んで頭を打った。家人がすぐに気づいて救急車を呼んだらしい。命に別状はなかったが、精密検査するために入院したって話だ」

「なら、この騒ぎは」

「収蔵庫をやられた。出土品を持ってかれた」

「盗難？　また盗まれたんですか！」

「ああ。どうやら犯人はセンター長が収蔵庫の鍵も一緒に持ち歩いてることを知っていたようだ」

　このところ、文化財を狙った盗難が続いており、念には念を、と思い、収蔵庫の鍵は館内に置かないようにしていたという。

「それで盗まれた出土品はどんな？」

「大池の現場から先日出た遺物だ。整理中だった」

　及川は眼鏡を外し、いまいましげにハンカチでレンズを拭《ふ》いた。忍は不審そうに、

「大池って、中尊寺の大伽藍《だいがらん》跡ですか？　そんなに高価なものが出てたんですか？」

「いや。ほとんどはかわらけだな」

「かわらけ？」

　素焼きの杯だ。てっきり高価な「出土工芸品」の類《たぐ》いが狙われたのだと思ったが……。

「そんなに凄《すご》いかわらけだったんですか？　金の杯とかでなく？」

「いや、ただのかわらけだ。そこが謎なんだ。しかも、こんなもんが」

　及川がスマホをささっと操作して、画像を忍の目の前に差し出した。

　そこに写っているのは、半紙に墨書きされたお札のようだ。

「盗まれた遺物が入ってた〝てん箱（コンテナ）〟に残されていた」

　見ると、お札には何か神仏の姿が描かれている。唐風の鎧《よろい》を身につけていて、左手に

は多宝塔を掲げ、右手には槍《やり》を握っている。その両足を掌《てのひら》の上に載せて支えているのは、行儀よく正座したおかっぱ頭の童女らしきものだ。

「これは、毘沙門天《びしゃもんてん》……？」

しかも、鎧の真ん中には、煙草の火を押しつけたような穴が開けられている。

なんとも不穏だ。

毘沙門天像の横には筆文字が書かれている。難読だったが、忍には読み取れた。

「〝悪路王《あくろおう》参上〟……？」

「ああ」

「まさか犯人の名前ですか？　わざわざ犯行声明を残していったと？」

「おそらくな。他に心当たりもない」

実物は警察が証拠物品として持っていってしまったので、ここにはない。

忍は顎《あご》に手をかけて、考え込んでしまう。

〝悪路王〟とは……。

「ずいぶん恐ろしげな名前だな。何かご存じですか。及川さん」

「この界隈《かいわい》の人間ならピンと来る名だな」

「えっ」

「……おっと、やっとお出ましだ。鬼頭《きとう》くん」

及川が玄関のほうへ声をかけた。

作業服に身を包んだ三十代半ばとみえる女性職員だった。長い黒髪をポニーテールにして、縁の厚い眼鏡をかけている。背が高く、モデルのようにスレンダーだ。

「紹介する。大池の現場を担当している鬼頭礼子くんだ」

名札にある漢字を見て、忍はドキリとした。

——鬼……。

無量と鬼の話をしたばかりだ。

昨日、柳原センター長と一緒に訪れた時に「不在」だった大池担当の調査員とは、彼女のことだったらしい。

鬼頭礼子はクールな女性のようで、挨拶《あいさつ》をしても愛想笑いひとつしなかった。

無理もない。せっかく掘り出した出土遺物を何者かに持ち出されてしまった後だ。

「でも、かわらけ程度で済んで、よかったじゃないか」

と及川が言うと「馬鹿を言わないでください」と鬼頭が猛然と言い返してきた。

「なくなったのは、墨書《ぼくしょ》かわらけだったんです！　当時の様子を知る重要な手がかりになるかもしれなかったんですよ」

底に墨書きのあるかわらけのことだ。

「す、すまん。そうだったな。……警察からは何か訊かれたか」

「私はこれからです。でもセンター長もどうかしてます。収蔵庫の鍵を持ちながら酒を呑みに行って酔っ払うなんて。無責任すぎませんか」

きつい性格なのか。容赦ない。

こういうやつなんだよ、と言わんばかりに、及川が忍に目配せした。

「そうだ。収蔵庫にこんなものが残されていたんだ。見てくれ」

と及川が先ほどの「犯行声明」を見せた。

すると、鬼頭は一瞬、真率そうな表情になった。その顔が明らかに強ばり始めた。及川はやけに鋭い目つきで、じっと窺《うかが》っている。

鬼頭は「ばかばかしい」と切り捨て、あさってのほうを見た。

「なにが悪路王参上よ。犯人は怪盗ごっこでもしてるつもり？」

忍が不審に思い、問いかけた。

「あの、悪路王というのは？」

「私たちの先祖のことよ」

鬼頭は突き放すように言った。

「知りたければ、達谷窟《たっこくのいわや》に行ってみるといいわ」

第三章　北方の毘沙門天

忍《しのぶ》は発掘現場に向かう及川《おいかわ》の車に同乗させてもらうことになった。

が、及川は「寄り道だ」と言って、反対方向へと走り出した。

毛越寺《もうつうじ》を過ぎ、田園風景の中をしばらく走ったところに目的地はあった。

岩山の麓《ふもと》に寺がある。西光寺《せいこうじ》という。寺なのに、大きな鳥居がある。そばには大きな文字で「達谷窟毘沙門堂《たっこくのいわやびしゃもんどう》」と箱看板が建てられている。

車を停めた及川と忍は、鳥居をくぐった。中に入ると、目に飛び込んできたのは、大きな崖《がけ》だ。岩肌剝《む》き出しの断崖《だんがい》の、大きくくぼんだ部分に、きれいにはめこむようにして木造の赤いお堂が建っている。

屋根の上から岩がのしかかってくるような姿で、今にも押し潰《つぶ》されそうだ。

「ここが達谷窟……」

「ああ、そうだよ」

懸造《かけづくり》の毘沙門堂は、清水寺《きよみずでら》の舞台を思わせる。

階段をあがって堂内に入ると、崖側が格子で隔てられた内陣になっている。祀《まつ》られているのは、たくさんの毘沙門天像だ。大小様々な毘沙門天は、かつて百八体あったという。

度重なる火災で焼けて、今は三十体ほどしかいないが、それでも圧巻だ。

左手に多宝塔を掲げ、右手には槍を握る。ほとんどはその足に鬼を踏みつけている。中には「地天《じてん》」と呼ばれる神が、掌《てのひら》の上に神輿《みこし》でも担ぐように毘沙門天の両足を載せているものもある。その形式のものが「兜跋《とばつ》毘沙門天」と呼ばれていた。

毘沙門天だけをこれだけ熱烈に祀る寺は、他に聞いたことがない。忍は圧倒されていた。

「ここは、坂上田村麻呂《さかのうえのたむらまろ》が創建したと言われててね」

と及川が合掌を解いて、言った。

「坂上田村麻呂。平安時代に蝦夷《えみし》を平定した武人ですね」

「ああ。毘沙門天は北方鎮護の神として信仰されていた。蝦夷征伐が成ったお礼に、鞍《くら》馬山《まやま》にならって百八体の毘沙門天を刻んで、ここに祀ったのが始まりだそうだ」

「北方鎮護の、神……なるほど」

「寺なのに、鳥居があったろ？　ここは神域だったらしい。昔から檀家《だんか》を持たず、毘沙門天を祀るためだけに、お堂を作ったようだ」

「この辺には多いんですか？」

「毘沙門天を祀る寺は、北上《きたかみ》山地――中でも田村麻呂が築いた胆沢《いさわ》城のあたりに多いんだ。成島《なるしま》毘沙門堂や立花《たちばな》毘沙門堂……どれも立派な毘沙門天像がある。田村麻呂は毘沙門天の生まれ変わりだなんて言い伝えもある」

蝦夷征伐とは切っても切り離せない神仏なのだ。

「でも、どうしてここに？」

「この窟には、かつて悪路王《あくろおう》と名乗る賊が立てこもったといういわれがある。この辺りでさんざん悪さを働いていた悪路王を、田村麻呂が毘沙門天の加護を受けて、討伐し、平定したというものだ」

寺伝によれば、悪路王・赤頭《あかがしら》・高丸《たかまる》と呼ばれる者たちであったという。

この窟に砦《とりで》をかまえ、乱暴な振る舞いで、民たちを苦しめた。

その振る舞いに怒った桓武《かんむ》天皇が、坂上田村麻呂に彼らの討伐を命じた。悪路王たちは三千の兵を率いて駿河《するが》まで進んだが、田村麻呂が京を発《た》ったとの知らせを聞き、すぐに恐れをなして、この地まで戻り、窟に立てこもったという。

激戦の末、田村麻呂は悪路王の首を討ち取った。

延暦《えんりゃく》二十年（八〇一年）のことだという。

「悪路王……。もしかして、それは」

ああ、と及川は答えた。

「蝦夷の英雄――阿弖流為《あてるい》のことだろう」

「アテルイ」

「中央政権の侵略に抵抗した、我々のご先祖様というわけだ」

忍は毘沙門天像を振り返った。

「つまり、田村麻呂たちの侵略に抵抗して、戦って、ここに立てこもったと」

「尤《もっと》も、実際に立てこもったかはわからん。阿弖流為《あてるい》は、胆沢の族長だったし、平泉《ひらいずみ》からはやや北だ」

阿弖流為《あてるい》は当時、胆沢を中心にかなり広い範囲の指揮権を掌握した『賊帥』、と中央でも認められていた。延暦八年（七八九年）には、胆沢の地に押し寄せた「征東軍」を鮮やかに撃退している。

「なるほど。並の軍では歯が立たなかったので、田村麻呂がよこされたと」

及川は「そのとおり」と言って、誇らしげに笑った。

「岩手人にとっては、地元の英雄は田村麻呂じゃない。阿弖流為《あてるい》だ。自分たちはあくまで侵略された側だって気持ちが、どっかに染みついてるんだろうな」

「なら、毘沙門天を祀っている、ここは」

「我々にとってはあまり誇らしい場所とは言えないな。だって、ここの窟は、悪路王こと阿弖流為《あてるい》たちの、敗北の地とされてるわけだから」

「敗北の地……」

「この達谷窟の伝説は、岩手人には嫌われてる。なんせ、ご先祖様を討ち取って、征服した神を祀る寺ってわけだからなあ」

格子の向こうから、たくさんの毘沙門天がこちらを見つめている。それは、あたかもこの地に攻め寄せた田村麻呂の軍勢のようだ。

「征服者の神、か」

「……阿弖流為《あてるい》は降伏して、京に連れていかれ、盟友の母礼《もれ》とともに河内《かわち》で斬首《ざんしゅ》されてる。まあ、だが田村麻呂は阿弖流為《あてるい》の助命を訴えて、胆沢に帰すよう願ったそうだから、鬼のような侵略者って印象じゃ、ないな。俺の中では」

「けれど、ここの寺伝はあまりにも中央目線ではありますね」

「わかりやすく悪人ってことにしとけば、大義名分が立つ。だが、庶民はそこまで馬鹿じゃないさ。権威の口先にだまされないように、地元の歴史をちゃんと認識してれば、ハイそうですか、とはならない」

「同感です」

「この平泉を築いた藤原氏も『蝦夷の王』なんて呼ばれてるが、その名からイメージされるような、独立した北方王国の王ってわけじゃない。『中央に服属した在地の土豪』がちょっと立派な屋敷や寺をたてたってだけだからな」

皮肉屋なのだ。ニヒルに言って、及川は切り立った崖を見上げた。

「だが、アイデンティティの問題だ。自分たちは蝦夷だぞっていう」

中央に侵略を受けた側だという想いがある。

それは土地に染みついた自我、とでもいうべきか。

「盛岡《もりおか》にある県立博物館のエントランスには、大きな兜跋毘沙門天像が置かれているんだが、たまに『なぜ、先祖を踏みつけているような神をシンボルみたいに飾るんだ』と文句をつける者がいるそうだ。兜跋がつく毘沙門天の下にいる地天は、地元の土地神で、下から支えてはいるが踏みつけられてはいない。普通なら踏みつぶされてる鬼たちは、その両脇で行儀良く従っている。確かに東北人の歴史の象徴みたいな像だと俺は思うが、それでも物言わずにはいられないんだろうな。岩手県民すべてが、とは言わないが、自分たちの先祖は、踏みつぶされてる鬼のほうだと思えるんだろう」

そこには、ただ単純に歴史的事実がどう、とは言えない想いがある。

博物館に文句を言った者は、踏みつけられて顔を歪《ゆが》める鬼たちに何を重ねたのか。

一見、鬼たちはユーモラスな表情をしているが。

「知りませんでした。毘沙門天が岩手県民の敵だとは」

「いやいや。すまん、そりゃ大袈裟《おおげさ》だ。大事な守り神には違いない。けど、うちのばあちゃんはアテルイの歴史なんか知らなかったが、毘沙門天は怖い神様だとよく言ってた」

「怖い……毘沙門天が」

「理由はわからん。だが、そういう感性は東北ならではなのかもな」

北方の守護神というから、ただ素直に、東北の地の守り神なのか、と思っていたが。

祀る側にも、複雑な思いがあるようだ。

「毘沙門天は、怖い神様……か」

毘沙門堂からおりてきた忍たちは、改めて下からお堂を見上げた。

お堂の後ろにそびえる岩壁には、大きな磨崖仏《まがいぶつ》がある。威嚇する毘沙門天とはうってかわって、おおらかな表情をしている。春の風が吹いて、さわやかだ。

「鬼頭《きとう》さんが言ってたのは、ここの悪路王のことだったんですね。しかし、なんで窃盗犯が悪路王を名乗ったりしたんでしょうか」

「わからん。悪路王が平泉藤原氏のお宝を盗む理由も」

そもそも阿弖流為《あてるい》の時代からは、三百年も後のものだ。

お手上げだというように、及川は肩をすくめた。

「ただ、悪路王という名を出されては、鬼頭女史も心穏やかじゃないだろうな」

「どういうことです？　阿弖流為《あてるい》の研究でも？」

「それもあるが、あいつの家のことだ」

及川はベンチに腰掛け、岩山の上に広がる青空を見上げた。忍も隣に腰掛け、

「家……？　ですか」

「ちょっとワケアリな家でな」

「とは、どういう」

「父親が……十年ほど前に変死してるんだ」

忍の目つきが、急に鋭くなった。

「変死ですって？」

「河原で死んでいるのが見つかった。全身ずぶ濡《ぬ》れだったから、溺死《できし》と思われたが」

そうではなかった。遺体に熱傷と筋状の炭化が見られた。落雷に打たれたのでは、とみなされたが、その日は特に雷雲の発生するような気象条件ではなかったのだ。

「その手に握られていたのが、毘沙門天の札だったそうだ」

「まさか、それは」

「ああ。収蔵庫に残されていたのと、同じ札だ。毘沙門天の胸には、大きな穴が開けられていたと」

及川の言葉に、忍は怜悧《れいり》な眼差《まなざ》しになった。

「つまり、収蔵庫の遺物を盗んだ犯人が、鬼頭さんのお父さんの変死と無関係ではないと？」

こくり、と及川はうなずいた。忍もようやく腑《ふ》に落ちた。

あの時の、鬼頭礼子《れいこ》の表情――。

動揺していたのは、そのせいだったのか。

「どうも嫌な予感がしてならない。あいつの家は、祖父も変死してる。もう四十年以上前の話だが、墓場で変死を遂げていた。水もないところで、ずぶ濡れで死んでいた」

「鬼頭さんの家には、一体何が」

「………。まあ、もともと色々ある家なんだが。鬼頭家は、礼子の兄がずいぶん前に失踪《しっそう》していて、今は彼女が家長だ。まさか彼女まで狙われるとは思いたくないが――」

重苦しい表情になる及川を見て、忍はスッと立ちあがった。

「警察に任せましょう。そういうことは。素人が首を突っ込むのはよくない」

「おい、誰もそんなことは」

「顔に書いてありますよ」

忍は肩越しに振り返った。

「心配なんでしょう？　鬼頭さんのことが」

及川は居心地悪そうに顔をそむけた。

「気にかかることは全部警察に話したほうがいい。そうしてください」

「言えないよ」

「どうして」

及川は眼鏡の奥の目を苦しそうに細くして、膝《ひざ》においた拳《こぶし》に力をこめた。

「……友人かもしれないからさ」

「なんです？」

「悪路王の正体は、俺の親友だった男かもしれないからだ」

忍は目を瞠《みは》った。不意に冷たい風が髪を乱した。

岩山に刻まれた仏が、半眼でこちらを見下ろしている。忍は厳しい顔つきになった。

「その話、もう少し詳しく聞かせてもらえませんか」

＊

一方、陸前高田《りくぜんたかた》にいる無量《むりよう》は、今日も朝から「鬼の右手」（と作業員たちの間で便宜上呼ぶことになった）が出たトレンチに入っていた。

右手以外にも何か、別の遺物が出てくる可能性がある。それに本命は「縄文時代の墓」なので、こればかりに時間を取られているわけにはいかない。引き続き、雅人《まさと》とふたりで作業に没頭中だ。

「寝不足っすか？」

と雅人が訊《き》いた。無量が先ほどから何度もあくびを繰り返しているからだ。

「ああ……変な夢みちゃったせいでよく眠れなくて」

「変な夢？」

「鬼に右手切られそうになって、逃げ回る夢」

──夜中に襲われて、ばっさり切られちゃうかもー。

萌絵《もえ》のせいだ。脅かすものだから、とうとう夢にまで出てきてしまったではないか。おかげで熟睡できなかった。

「……大体、俺のは鬼の手じゃないっつの」

ブツブツ言いながら、無量はまた黙々と土をジョレンで削っていく。

と、そのとき。

ジョレンの先が、何か固いものにあたったのを感じた。

一瞬の感触で、すぐにわかった。

「土器……？」

無量はジョレンを移植ゴテに持ち替えて、土を取り除いていく。やがてそこから顔を覗《のぞ》かせたものは、素焼きの一部だ。

「かわらけ……か？」

無量がまた新たな遺物を掘り当てた。背後のグリッドを受け持っていた雅人が手を止め、横から覗き込んできた。

「なにそれ。かわら……？」

「かわらけだ。素焼きの杯。平安時代の貴族なんかが宴《うたげ》とかでよく使ってたやつ」

無量は道具を差す腰袋に移植ゴテを戻して竹串《たけぐし》を取りだし、細かい部分の土を除き始める。掌《てのひら》に収まるサイズの素焼きの杯だ。ふたりの様子に気づいて、容子《ようこ》たちも手を休め、集まってきた。

「なになに？　今度は何が出たの？」

「かわらけです……」

かわら？　と聞き返す容子に、雅人が代わりに説明した。無量は、慣れた手さばきで

要領よく土をのけていく。雅人は興味深そうに、

「昨日出た鬼の手と、なんか関係ある？」

「さあ。井戸なんかに大量に捨てるのはよくあるけど、捨てたにしてはやけにきれいな……。あっ、こいつ」

無量は土をほじくりながら、言った。

「穴があいてる」

「穴……？」

「見てみ。真ん中に穴がある」

丸い杯の中央部に、きれいな穴があいている。それを見て無量にはかわらけの正体がわかった。

「穿孔《せんこう》かわらけ。たぶん、なんかの儀式に使ったやつ」

雅人が目を丸くした。

「儀式？　なんでわかんの？」

「底に穴があいてるのは、わざとあけたって言われてる。器物としての機能を奪うために、底の真ん中を何かで突いたり、ふちを欠けさせたりするんだと。これがあるのは、たいてい、まじないみたいな意味がある。弔いとか、祭祀《さいし》とか」

「なんでそんなことすんの」

「わかんないけど、まじないの一部みたいなもんだから、わざと完全な形じゃなくして

から供えたりするっていうし。儀式が済んだ後、そのままの形で残すと、あとで色々面倒くさいことが起こるからじゃね？　しかし、まじないか……。とすると、これもやっぱ、あの右手の、共伴遺物《きょうはん》──」

共伴とは「異なる性質の遺物が同じ遺構から出土する」という意味だ。一緒に埋められた可能性も高い。

その時、無量は気がついた。

「これ、重ねてあんな」

出てきた面から下に、かわらけが数枚重ねてあるようだ。

無量は移植ゴテを握り、断面になるよう縦方向に掘り下げ始めた。かわらけは全部で五枚、重ねて埋めてあった。

「ますます、まじないっぽい」

「呪いだよ、呪い。あの右手で、誰かを呪ったりしたんじゃないの？」

雅人が目を輝かせたので「ばか」と無量がいなした。

「永倉《ながくら》といい、なんでおまえらすぐオカルト方面に持ってこうとすんの？」

「だって、鬼の手でしょ」

「逆に、鬼の手の呪いを鎮めるための、とかなら納得も……。ん？」

土層を見ていた無量が、ふと土の色が一部だけ赤くなっていることに気がついた。

「錆《さび》……？」

再び無量が手を動かし始めた。

確信を持って掘っていく。雅人と容子は職人技を見るような面持ちだ。

ほどなくして、無量の移植ゴテの先が固いものにあたった。

「来た」

今度はなに？　と雅人たちは興味津々、身を乗り出す。無量は手際よく竹串で土をどけていく。顔を覗かせたのは、赤褐色のゴッゴッとした固まりだ。

「なにそれ」

「鉄だ。鉄製品」

赤褐色の腐食生成物に覆われているが、石灰質の土壌の影響か、ところどころ表面が白っぽくなっている。無量はさらに作業を進めた。

「これは……」

土の中に横たわっていたのは、刀だ。

正確には「刀とおぼしき腐食生成物のかたまり」だった。

「長さは五十センチ強……。これ、蕨手刀《わらびてとう》じゃないか？」

「わらびて……とう？」

「柄《つか》の頭が、早蕨《さわらび》みたいにくるっと丸くなってる。古代の刀だ。確か、奈良時代から平安のはじめにかけて作られたとかいう。東北のほうで多く出るとは聞いてたけど、たいていは、古墳なんかの副葬品で出てくるんだが……」

無量は、蕨手刀と一緒に出てきたかわらけを見つめ、首をかしげた。

「このふたつが一緒に埋まってるっていうのは、なんか不思議な感じがする」

「どこが不思議なの？」

と容子が訊いた。直感なので、無量にもうまく説明できない。いつもなら黙り込む無量だったが、それでは進歩がない気がしたので、理由を言葉にしようと試みた。

「……強いて言えば、かわらけが出るのは、平安時代の屋敷や寺とかが多いけど、蕨手刀は古墳の副葬品に多いってとこっすかね」

ただ違和感の理由は、それだけではないような気がする。

例の「三本指の右手」のことだ。

「やっぱり何か呪術《じゅじゅつ》的な意味があるのかな」

「呪いでしょ、呪い。やっぱ呪いの右手だよ」

雅人がワクワク目を輝かせるのを見て、無量は呆《あき》れた。出土状況の記録写真をとるため、土の表面が平らになるよう丁寧に削っていると、そこで、また発見があった。

「あっ。なんだこれ」

「またなんか出た？」

「ああ……。これは、木の実……？」

親指の先ほどの大きさの、黒っぽい塊だ。栗のような形をしている。三つほど、固まって埋められていた。

無量は調査区の周囲を見回した。斜面の木々は伐採されている。木から落ちて埋まったものかとも思ったが、この固まり方からすると、誰かが恣意《しい》的に一緒に埋めたようだ。

「かわらけと蕨手刀と……何かの種？ なんなんだ。これ」

山は、今はもう切り崩されて、土が剝《む》き出しの造成地のようになりつつある。かつては鎮守の杜《もり》があった一帯だ。無量はトレンチに吹き込む風を感じた。

「……なにがあったんだ。ここには」

そこへ田鶴《たづる》調査員が戻ってきた。プレハブで市の職員と打ち合わせ中だったが、ようやく終わったらしい。遺物発見の知らせを聞き、田鶴は喜ぶどころか、怒った。

「おい、出たなら出たって言ってくれないと。勝手に進められたら困るだろ。出土状況の記録は取ったの？」

「これからです。両方出しきってからのほうがいいかと思って」

「かわらけはかわらけ、蕨手刀は蕨手刀で進めてくれないと」

「けど伴出してますし」

「もう、いい加減にしろよ、西原《さいばら》！」

虫の居所が悪かったのか、とうとう田鶴が怒鳴った。

「どれだけキャリアがあるのか知らないが、許可もなく勝手に作業を進めたり、調査区を拡げろなんて言い出したり……。目に余る！ 指示通りに作業ができないなら、この現場から外れてもらうぞ」

あまりの剣幕に無量はあっけにとられた。すぐに容子が間に入り、

「目に余るは大袈裟《おおげさ》でしょ。ちゃんとやってますよ、西原君は」

「現場監督気取りで腕をひけらかしたいだけなら、他でやってくれ。もういい、君は測量だ。後はこっちでやるから」

せっかく検出した遺物たちを前に、無量は担当を外されてしまう。これには雅人が黙っていなかった。

「最後までやらしてくださいよ！　まだなんか埋まってるかもしんないんすよ」

「あとはこっちでやる。西原は測量だ」

「ちょっと！」

と雅人が反論しかけるのを、無量が止めた。現場のことを考えると、これ以上、田鶴と衝突はしたくなかった。雅人の肩を叩《たた》き、

「あとまかせるから」

と言って、移植ゴテを渡す。無量はトレンチからあがった。

三本指の右手、かわらけ、蕨手刀……。

この三つに、どういう意味があるのか。そして、あの木の実も。誰がなんのために埋めたのか。

祖波《そば》神社自体、もしかしたら、元々はその右手の「塚」がわりだったとしたら？

塚や古墳の上に神社が建つ例は、珍しくない。社伝に手がかりがあるかもしれない。

自分の仕事は「掘り出すこと」で「調べること」ではないが、あの右手の正体が知りたいと、無量は思った。

「……これも、同じ『鬼の手』のよしみかな」

発掘現場の向こう、眼下には広大な更地と、きらめく海が広がる。

まだ少し肌寒い風が、無量の頰を撫《な》でた。

あの大津波が来なければ見つかることのなかった遺物たちは、自分たちに何を伝えようとしているのだろう。

無量は、革手袋をはめた自分の右手を抱え、水平線の向こうを眺めた。

*

待ちに待った週末がやってきた。

土曜日は、発掘作業も休みだ。無量は朝から出かけていた。

よく晴れた空のもと、大船渡《おおふなと》線をいつもと反対方向に乗り、向かった先は、一関《いちのせき》だ。

「おっ、忍ー」

「久しぶりだな。無量」

一ノ関駅の改札で待ち受けていたのは、相良《さがら》忍だった。ふたりが会うのは、実に一ヶ月ぶりだ。平泉に遊びに来ないか、と誘ったのは忍だった。無量が煮詰まっている気配を感じたのだろう。気仙沼からは、電車なら一時間二十分ほどで来られる。

　無量は忍が用意したレンタカーの助手席に乗り込んだ。

「亀石《かめいし》サンも今こっち来てんだって？」

「今日は永倉さんと盛岡に行ってる。文化財レスキューの会合で」

「あ、永倉も一緒なんだ」

「さんをつけろって」

　解放感からか、無量の表情はいつになく明るい。忍と会えたのも素直に嬉《うれ》しかった。

「無量は平泉は初めてだっけ？」

「あー……。中尊寺《ちゅうそんじ》には昔、家族で来たことがある。じーさんが寺の坊さんと知り合いで。よくわかんないけど、キンキラキンだったなって」

「はは。俺といっしょだ」

　忍の運転する車で一路、平泉に向かう。車内では互いの近況を語り合った。

「……そうか。復興発掘。思ってた以上に大変なんだな」

「なんか……色々考えちゃって」

　忍の前では、無量も胸の内を素直に語れる。

「復興が遅れるって言って発掘が叩かれる話も、時々耳にする。うちではまだそういうのないけど、文句を言う人もいるみたいだ。なんか、わかんなくなってきた」

「なにが？」

「遺跡発掘する意味だとか、過去を調べるのは、生活の立て直しを後回しにしてまでやることなんだろうかって……。普通に暮らしてる人たちの、何の役に立ってるのか」

この一ヶ月で考え続けてきたことを、訥々《とつとつ》と語った。自信を失いかけている無量は、頰杖《ほおづえ》をついて、思い詰めた目をしている。忍は真摯な面持で聞いていた。

「その答えは、おまえ自身が見つけるしかないんじゃないかな」

「慰めてくれないんだな」

「小手先でいいこと言っても、おまえはきっと納得しないだろ？　それでずっともやもやしてたのか？」

「うん……。それもある。それ以外も」

田鶴との軋轢《あつれき》は、口にするのも気が重かったのか、無量は言わなかった。

「そっちは？　盗難事件が起きたって聞いたけど？」

忍は平泉で起きている遺物盗難事件のことを無量に語って聞かせた。

「〝もぐら《コルド》〟？」

無量は、目を丸くした。文化財盗難のことから、例の国際窃盗団に話が及んだ。

「ああ。何か聞いてるか？　無量」

「そういや、何年か前に、中東のほうで発掘やったとき、そんな話も聞いたかな。内戦の混乱に紛れて出土品盗み出して、国外で売りさばく組織があるっていう」

盗みから輸送、販売までルートが全部できあがっていて、世界中の資産家に盗品とはわからせないように売りこんでいるらしい。

「遺跡壊す連中も許せないけど、そうやって文化財を海外に流す連中も厄介で、マジ困ってるって現地の人たち言ってた。その『もぐら』たちが日本に来てる？」

「ちょっと前まで韓国に拠点を置いてたようだが、今は日本に狙いを絞ってきているらしい。根拠は何もないが、盗難事件の話を聞いて、ちょっと思い当たったものだから」

「てか、そんな情報、どこからとってくんの？」

「え……？　文化庁の知り合いからだよ」

ふーん、と気のない返事をしたが、無量の目は忍の横顔を注意深く見つめている。忍はポーカーフェイスでハンドルを握っている。

「……で、昨日盗まれた遺物ってのは、なんなの？」

「中尊寺の大池から出た、かわらけだ」

かわらけ？　と無量が身を乗り出した。

「どうした？」

「あ、いや。昨日、うちで出したのも穿孔《せんこう》かわらけだったもんだから」

「例の『鬼の右手』の近くからか？」

「ああ。それと一緒に蕨手刀《わらびてとう》らしき鉄剣が」

「蕨手刀……というと」

忍は前の車のテールランプを見つめて、呟《つぶや》いた。

「古墳なんかから出てくる、あれか？　先が蕨みたいな」

「うん。副葬品なんかではよく出てくるけど、古墳でもないとこから出てくるのは珍しいから、やっぱなんかの祭祀場《さいし》だったか、何かの塚だったのか」

「塚……か。まあ、遺体のそばに刀を置くのは、魔除《まよ》けの意味もあるから、その右手の魔除けかもしれないぞ」

「でも、共伴で出た穿孔かわらけは、ろくろ成形でなく手づくねかわらけだった。あれはやっぱり十二世紀くらいにならないと出てこないやつだ。包含層も、岩手のあたりで蕨手刀がよく出る六、七世紀より新しかった……。平安の終わりか鎌倉あたりだと思うんだけど」

　じゃなくて。と無量は話を戻した。

「平泉のかわらけ。わざわざ盗まれるくらいだから、ただのかわらけじゃないでしょ」

「それがまだ整理作業中だったんだけどね」

「整理中の遺物を盗んだ？　ますます変じゃね？」

　素焼きの杯だ。美術的価値はほぼない。そんな「かわらけ」を盗む理由がわからない。

「鬼頭さんによると、墨書《ぼくしょ》かわらけだったって」

「墨書きがあるやつか」

「ああ」

「もしかして、その墨書きになんかあったんじゃないの？」

忍がちらりと無量を見た。同感だったようだ。

「ただ、その墨書きがどういうものかは、整理作業員と調査員しか見ていない。まだ外には公表されてないものだからだ」

「つまり、職員が盗みに関わってる？」

「そうは思いたくないけどね」

内部犯行の線が消えない。無量も難しい表情になった。

「なら、犯人が残した毘沙門天の札に書かれてたっていう例の『悪路王』は？」

及川さんの話か、と呟いて、忍はウィンカーを左に出した。

――悪路王の正体は、俺の親友だった男かもしれないからだ。

及川には、心当たりがあるようだった。

「なんでも、少し前にセンターを辞めた職員がいるらしい。その職員は、調査報告書への改ざん疑惑をかけられたとかで」

「改ざん疑惑……？」

「遺跡で出た遺物の写真に手を加えて、報告書に載せたらしい。それをベースに論文も出してる」

無量は絶句した。顔は強《こわ》ばっていた。

「……それって」

「ああ。捏造《ねつぞう》も同然だな」

偽の遺物を埋めたわけではないが、書面上での巧妙なすり替えを行った。それを元に新説を打ち立てて学会の注目を得ようとしたらしい。

「が、当然バレた。それを暴いたのが、鬼頭さんだったそうだ」

「かわらけを出した人？」

「ああ。大池跡の調査員だ。その一件で、どうやら鬼頭さんを逆恨みしたようなんだな。大池の発掘をまかされた鬼頭さんの調査を、妨害しようとして、出土品を盗み出したんじゃないかって……」

「そのためにわざわざ……？　お札《ふだ》まで用意して？」

「ああ」

「お父さんが変な死に方したことも、そのひと知ってたの？」

「鬼頭さんの、元彼氏だったらしい」

事件がきっかけで別れた。改ざんに気づいた鬼頭が、すぐに取り下げるよう説得したが、恋人は受け入れず、やむなく告発に及んだということだ。

「それで逆恨み？　ひでー彼氏」

「大池の調査も、元々はそのひとが担当してたそうだ。藤原清衡《ふじわらのきよひら》の『鎮護国家の大伽《だいが》藍《らん》』の発掘は、世界遺産に関わる大仕事だし」

無量は「自業自得だ」と突き放した。

「逆恨みなんかで調査妨害なんて、迷惑以外の何でもない」

「まあ、あくまで及川さんの見立てだからね。わざわざそのために強盗に及ぶというのも違和感がある」

だね、と無量はペットボトルのお茶を口に含んだ。道路標識には「中尊寺」の文字が見えてきた。「まずはどこ見る?」と忍が訊《たず》ねてくる。

「きまってる」

無量は即答した。

「大池の現場」

＊

ふたりが向かったのは、中尊寺のふもとにある大池の遺跡発掘現場だ。

今日は休みで、現場には誰もいない。休耕中の田んぼの真ん中にあるトレンチは、ビニールシートで覆われていた。

無量は田んぼに降りて、現場を眺めた。隣に忍が立ち、

「伽藍は『三間四面』の大堂を中心に、左右に腕を広げたような形だと想定されてる。昭和三十年代の調査で、礎石の跡が出てきてるそうだ」

「ふーん……」

無量は地面にしゃがみこみ、右手の革手袋を外して土をすくった。

そして、ブルーシートで覆われた辺りを眺めている。

「盗まれたのは、ここから出たかわらけ……か」

「ちょっと！　あなたたち、そこで何をしているの！」

突然、道路のほうから女性の声が聞こえた。無量たちが振り返ると、ロングカーディガンを羽織った長身の女性が血相を変えて駆け寄ってくるところだった。

「勝手に立ち入らないで！　ここは個人所有の」

「鬼頭さん」

と忍が呼んだ。噂をすれば影だ。現れたのは、鬼頭礼子だった。

「あなたは確か、東京の派遣事務所の」

「相良です。すみません。ちょっと現場を見させてもらってました。こちらは、うちの派遣発掘員の西原無量です」

無量が立ちあがって、軽く会釈した。すると、礼子は目を丸くした。

「西原って……まさかあの、西原無量？　西原先生のお孫さんの」

無量と忍は顔を見合わせた。

鬼頭礼子は、西原瑛一朗《えいいちろう》が勤務していた大学の卒業生だった。

考古学の権威だった瑛一朗が、捏造事件を起こしたのは、鬼頭が在学中だったという。

文献史学ではなく考古学を志していた鬼頭にとっては、衝撃的な事件だった。

「お孫さんが発掘をやっているって噂には聞いていたけど、まさかこんな形で会えるなんて……」

三人は中尊寺の境内にある茶屋に落ち着いた。祖父の話に触れられると、無量は肩身が狭い。身内の非を恥じる気持ちと、自分も罪を一緒に背負っているような負い目とで、気持ちが重くなる。革手袋で隠した右手を、テーブルの下で何度もさすっている無量に、忍は気づいていた。フォローするように、

「彼の専門は、恐竜化石のほうの発掘なんです。先日も、アメリカで新種の恐竜を」

「いや。今は遺跡発掘がメインです」

無量が、意外なほどはっきりと言いきった。忍がちょっと驚いたくらいだ。

「西原瑛一朗は祖父ですが、俺がこの業界にいることとは全く関係ありません」

「そうなんですね。……」

鬼頭は黒い大きな瞳《ひとみ》で、心の奥まで見透かすかのように、じっと無量を見つめている。詮索《せんさく》をはねのけるように、無量は自分から身を乗り出した。

「遺物盗難のこと、忍から聞きました。盗まれた墨書かわらけには、何が書かれていたんです？」

単刀直入に聞かれ、鬼頭は面食らったようだ。一瞬、怯《ひる》んだが、

「……書かれていたのは、法華経《ほけきよう》です」

「法華経？」

鬼頭はスマホを見せた。画面に、洗浄後のかわらけが映っている。

「数年前に行われた池の中の発掘ではたくさんかわらけが出ましたが、そちらは食器として使われた後、廃棄されたもののようでした。でも今回出たのは、どうやら地鎮儀礼……もしくは、経塚《きょうづか》的な意味があったのではと」

画像には「漢字で書かれたお経」と「梵字《ぼんじ》で書かれた真言」とがある。

無量はひとつひとつ、念入りに見ていたが……。

「かわらけに経を書くのは、よくあることなんすか？」

「胆沢にある前沢《まえさわ》の経塚から、かわらけ経が出た例があります。経塚の奉納経には、紙や木片、銅板など、素材がいろいろあって、たいていは、壺《つぼ》や銅製の筒に入っています。かわらけは当時よく使われた身近な土器ですから、素材としては適当だったかと」

鬼頭の専門は、十二世紀のかわらけ研究だった。

そんな鬼頭を、忍と無量は注意深く観察している。

「かわらけ経は、古美術品としての価値は」

「さほどとは思いませんけど」

「では盗まれた理由に心当たりは？」

「刑事さんみたいな事訊《き》くのね。こちらが教えて欲しいくらいよ」

とりつく島がない。無量は注文したわらび餅《もち》を口に運んで、茶を飲んだ。

「……忍も、そんなん警察に任せとけよ。それより、かわらけの専門なんすよね。俺、いま陸前高田で発掘してるんすけど、昨日、穿孔《せんこう》かわらけが出て」

「穿孔かわらけ？　陸前高田で？　藤原氏関係の遺跡かしら」

「やっぱ、かわらけっていうと、このへんじゃ藤原氏なんすね」

「それに陸前高田といえば、産金でしょ。奥州藤原氏の金は、気仙《けせん》産だというから」

さすが平泉の調査員だけあって、すらすらと出てくる。

「気仙の藤原氏勢力といえば、金《こん》一族ね。直系の樋爪《ひづめ》氏や四代泰衡《やすひら》の弟・高衡《たかひら》が配されてもいたわ。平泉セットは出てる？　陸前高田なら、当時の経塚もあったわ」

無量がぴくりと反応した。

「経塚……」

「そのかわらけには墨書はある？　共伴は？」

「ありました。それが、蕨手刀《わらびてとう》と……」

「蕨手刀？」

「三本指の……右手」

鬼頭の表情がサッと変わった。その瞬間を、ふたりは見逃さない。

「いまなんて言ったの？　三本指の右手ですって？」

「人骨です。右手首から先だけが出てきたんすよ。胴体も腕もなくて。穿孔かわらけと蕨手刀は、それと一緒に埋められたらしいんすけど。元々そこには神社が建ってたっていうんで、何かの塚だったんじゃないかって」

それまで泰然かつ怜悧《れいり》だった鬼頭が、あからさまに動揺しはじめた。ただ単に「奇妙な出土物」に驚いた、という感じでもない。

「そ……そう。その右手はもう取り上げは済んだの？」

「ええ。人骨扱う専門の人がいる盛岡の博物館に持ちこまれるみたいです」

「かわらけは？　もう洗浄は済んだ？」

「昨日出たばかりなんで、作業は週明けからですかね」

「鬼頭さん、何か気になることでも？」

と忍が鋭い目つきで問いかけた。鬼頭は「いえ……」と取り繕うように茶を飲んだ。

「かわらけのことなら協力できるかもしれないわ。調査員のお名前は？　陸前高田市の職員？」

「派遣職員さんです。田鶴さんっていう」

「ああ。復興発掘だったのね」

落ち着かない様子で、鬼頭は名刺を無量に差し出した。

「是非そこから出たかわらけを見てみたいわ。整理作業が終わったら、連絡もらえませんか」

「はあ……」

「お願いします。あ、ごめんなさい。もう行かないと」

「お仕事ですか？」

「いえ、人と待ち合わせてるの。じゃあまた」

というと、鬼頭は傍らに置いたボストンバッグを持ち、三人分の食事代を置いて、茶屋から出て行った。忍と無量は、申し合わせたように茶をすすってから、顔を見合わせた。

「ずいぶん『鬼の右手』に反応してたな」

「だね。なんか心当たりがあるみたいな」

「それに、盗まれた墨書かわらけ。おそらく書かれてたのは法華経だけじゃないな」

忍の読みは鋭い。鬼頭はふたりに見せるかわらけの画像も明らかに「選んでいた」。

「なんか隠してる……?」

「みたいだな。こうなったら直接、整理員さんに訊くほうが早い」

忍はスマホを取りだした。かわらけの洗浄作業をした、パート職員だ。

「……ちょっと遊びにいってみようか」

＊

「あらまあ、相良さん。東京さ帰ったんでねがっだの?」

大きな桜の木がある一軒家の庭で、忍たちを迎えたのは、割烹着《かっぽうぎ》を着た女性だった。

背の高い赤屋根の曲屋《まがりや》は、このあたりの農家によくみられる建て構えだ。そばでは孫らしき子供が三輪車で遊んでいる。

「古畑《こはた》さん、こんにちは。結局泊まることにしました」

「ありゃ。イケメンさんがイケメンさんさ、つれてる」

「こっちは友人の西原無量です。平泉を見せてやろうと思って。……いまちょっといいですか」

古畑京子《きょうこ》は発掘センターのベテラン整理員で、大池のかわらけを洗浄担当したのも彼女だった。忍はしっかり昨日のうちに声をかけて顔見知りになっていたようだ。古畑はふたりの来訪を喜び、広い縁側に招いて茶でもてなしてくれた。

「はい。これおみやげです」

「わ。モッフルでねが。もちもちして、うめんだな。これ」

「お孫さん、可愛いですね」

庭で遊んでいる子供を見て、忍が言った。初孫だという。飼っている犬のほうが年上で、兄弟みたいなのだと、京子は目を細めて笑った。

みやげに持参した「一関名物モッフル（ワッフル風に焼いた甘い餅）」を三人で食べながら、さっそく本題に入った。

「大池のかわらけ？　ええ。洗浄したのは私です」

古畑は柳之御所《やなぎのごしょ》から出た大量のかわらけも担当したことがあるので、個別の遺物については調査員よりも詳しかった。

「ええ、法華経と梵字が書がれだものが、ほとんどだったけども、中には珍しいものも」

「珍しい？　どういったものか思い出せますか」

洗浄後の記録写真は撮っていたが、データはセンターにしかない。

しかし、古畑は覚えていた。

「あれは落書きでねがな」

「落書き？」

「鬼の顔みだいな絵が描がれでいだんさ。……たしか、こんな」

と孫の落書き帳を持ってきて、さらさら、と描いて見せた。

「鬼……」

ぎょろりとした目に、鋭い牙《きば》と角を持つ、恐ろしげな顔だ。真っ黒に塗りつぶされていて、より不気味な雰囲気を醸している。

「底にも何がまじないみだいな文字が、書がれでいだなっす」

「まじない」

無量は忍と顔を見合わせた。

やはり地鎮のための「かわらけ」ではないかというのが、古畑の見立てだった。

「そうだ。実は、なぐなっていたのはかわらけだけでねがっだんです」

「他にもなくなってるものがあったんですか。それはいったい」

「漆紙です」

「漆紙？」

と忍が問うと、横から無量が補足した。

「漆が染みこんだ紙のこと。漆を壺なんかで保存する時、乾燥を防ぐため、漆の表面に紙を密着させて蓋《ふた》をする。昔は紙が貴重だったから、用済みの文書を反古《ほご》にした紙なんかを使うんだけど、そいつが漆を吸い込んで、保護硬化作用を起こしたものが、土の中に残って、発掘で見つかることがあるんだよ」

そのことじゃね？　と言う。古畑は目を丸くしていた。

「お友達は調査員さん？」

「作業員です」

「あらま」

「その漆紙も大池から出たんですか？」

いいえ、と古畑は答えた。

「何年か前に、一関のほうの神社を発掘した時に見づかっだものだべね。最初、何かの皮かと思ってたら、漆紙だったんで、たまげた覚えが」

「……そのことは、鬼頭さんも知ってましたか？」

「たぶん。担当は別の方でしたけど」

「及川さん？」

「いんや。もうやめちゃったんだべね。名前は……えー、と浅利《あさり》さんて男の人」

「それ、もしかして報告書の改ざん疑惑かけられた人っすか？」

古畑には何のことかわからなかったらしい。どうやら改ざんの件は、調査員の間で内々に片付けられたようだ。

「写真があったべ。待ってけらんせ」

といい、古畑は一旦《いったん》奥へ下がると、アルバムを持ってやってきた。忘年会での写真だった。

「ほら、このひと。なかなか男前だべね」

古畑の隣に座って、ビールグラスを掲げている。年齢は四十歳前後か。肌が浅黒くエラの張った精悍《せいかん》な顔立ちで、個性派俳優を思わせる外見だ。光の加減か、瞳《ひとみ》の色がひどく薄いのが印象的だ。

それを見ていた忍の顔が、神妙になった。

「礼子ちゃ……――鬼頭さんとおつきあいさしとるって噂もあっだなぁ」

古畑は三人分の湯飲みへと順番に急須《きゅうす》の残り茶を注ぎながら、

「……礼子ちゃんも、なかなかお嫁にいげないねえ。あそこは大導師《だいどうし》の家だから」

「大導師？　……なんのことです？」

あっ、という顔を、古畑は見せた。そして、辺りに人がいないか、見回すような仕草をして、ふたりのほうに顔を寄せてきた。小声で、

「このあたりは昔からの風習で。檀家《だんか》のお寺とのおつきあいとは別に、集落の何軒かで集まって、こっそりと念仏講を結んでるんだげど」

「もしかして、隠し念仏というものですか？　確か、東北のほうで多いと」

「んだ。隠し念仏自体は、このあたりでは珍しくはないんだども、鬼頭さんとこの講は、ちょっとばかり変わっていて」

「変わっているとは？」

「……祀《まつ》ってる神様が、独特なんだべ」

「独特とは」

「仏様でねぇ。鬼だ」

鬼？　と無量が反応した。古畑は小声で、

「鬼を祀ってる。ご本尊は『鬼の頭』なんだど」

無量は思わず忍と顔を見合わせた。

「お父さんとお祖父《じい》さんがおかしな死に方をしたのも、その『鬼の頭』の祟《たた》りでねぇがって。遺物が盗まれだのも、悪い兆しでねぐば、いいんだども……」

古畑はすっかり濃くなった茶を、苦そうに飲み干した。無量と忍は、ふたつめのモッフルには手をつけず、真顔で話を聞いている。

ますます謎が深まる感触がしていた。

鬼頭家のことと、遺物盗難には、やはり何か関わりがあるのではないか？

「鬼の頭に、鬼の手って……。なんなんだよ。ここ」

＊

古畑の家を後にして、車で柳之御所に向かう途中、助手席に座った無量が、難しい顔で呟《つぶや》いた。

「確かに東北は鬼の伝説が多いって、永倉も言ってたけどさあ」

「……どうも気になるな」

忍の口数は、古畑家を出た時から、やけに少なかった。無量も気づいていて、

「さっきの写真？　心当たりがあったのか？」

「うん。あの浅利って男、どっかで見た覚えが……」

だが思い出せない。無量も、実は同じ事を思っていた。どこかで見た。誰かに似ている。そんな気がしていたが、誰なのか、はっきりとは思い出せずにいる。

そのときだった。無量の携帯電話が鳴り出したのは。

見たことのない電話番号だった。

「もしもし……？」

『西原君？　私よ。錦戸《にしきど》ですけど』

発掘現場の肝っ玉母さんこと、錦戸佐紀子《さきこ》だった。

「どうしたんすか？　いきなり」

『いま病院にいるんだけど』

「病院？　誰か倒れたんですか？」

運転席にいた忍も、驚いてこちらをちらりと見た。電話の向こうの錦戸は、切迫した声で、

『田鶴さんが怪我をしたの』

「田鶴さんが？　でも発掘は休み……」

『昨日、現場からの帰り道、駐車場で突然、誰かに後ろから襲われたって』

「襲われた？　どういうことっすか！　いったい誰が！」

『救急車で運ばれて、大怪我をしてるって。それだけじゃないの』

錦戸はますます興奮した調子で伝えてきた。

『君が出した〝三本指の右手〟がね、収蔵庫から誰かに持ち出されてしまったようなの』

「なんですって！　鬼の右手が？」

警察にも伝えたが、まだ犯人はわかっていない。田鶴が入院してしまったので、来週からの発掘作業がどうなるか、わからなくなっているという。連絡があるまで待機していてくれ、と錦戸が伝えてきた。

電話を切った無量は、青くなっている。横から忍が訊《たず》ねてきた。

「田鶴さんっていうのは、調査員か？　おまえの現場の」

うん、と答えたが、右手が小刻みに震えていた。忍の反応は早かった。「陸前高田」と書かれた標識を確認して、ハンドルを左に切った。

「忍ちゃん……」

「錦戸さんにもう一度電話して病院の名前を訊《き》いてくれ」

忍の鋭い目つきは、殺気を帯びている。

「陸前高田に行く」

第四章　鬼と観音

　無量《むりよう》と忍《しのぶ》が、大船渡《おおふなと》にある救急病院に到着したのは、夕方のことだった。

　何者かに襲われて怪我を負った田鶴《たづる》調査員が運ばれた病院だ。

「ここだ。間違いない」

　外来の時間は過ぎていてロビーは閑散としている。受付で訊くと、田鶴は集中治療室にいるという。一般病棟と違って面会時間は一日に二時間ほどしかなく、すでにその時間を過ぎていた。

「そうか。ＩＣＵにいるとなると、かなりの重傷だな……」

　田鶴は静岡県の職員で、単身、派遣で赴任してきている。家族は沼津《ぬまづ》にいて、いまこちらに向かっているところだという。

「錦戸《にしきど》さんに電話してみる」

「ああ、頼む」

　ふと忍の目線が、ちょうど階段から降りてきた男に張りついた。一瞬、目と目があった。忍は思わずその男を凝視してしまったが、相手はこちらに関心を払うことなく、横を通り過ぎていく。忍の目線を追って無量も男を見た。背の高い、こざっぱりとしたスーツ姿の男だ。四十代くらいで肌は浅黒くエラの張った精悍《せいかん》な顔立ちは強い意志を感じさせる。玄関ホールを出ると、どこかに携帯電話をかけながら、外国車に乗り込んでいった。

「知り合い？」

「見覚えがある。あの男……確か無量光院《むりようこういん》にいた……」

忍はスマホを取りだすと素早く画像を探した。古畑《こはた》の家で見せられた写真を、スマホで撮って保存しておいたのだ。例の忘年会の写真だった。

間違いない、と呟いた次の瞬間、忍が弾《はじ》かれたように玄関ホールへ走った。

「……って、おい、忍！」

だが、一足遅かった。男を乗せた車は走り去った後だった。無量も忍に追いついた。

「いきなり、なんだよ。今の誰」

「浅利《あさり》だ」

「え？」

「報告書改ざんで発掘センターをやめた男だ。盗まれた漆紙文書を担当した」

「鬼頭《きとう》さんの元彼？　例の悪路王《あくろおう》じゃないかっていう？」

無量も驚いて、車が走り去った方を見た。すでに影も形もなかったが。

「間違いないのか」

「これでも人の顔はよく覚えてるほうでね。でもどういうことだ。ここで何を」

「──そこにいる君。西原《さいばら》無量くんかね」

だしぬけに背後から声をかけられた。玄関ホールに立っていたのは、スーツを着たふたりの中年男だ。忍が露骨に警戒して「なんですか」と答えると、眼鏡をかけたほうの中年男が警察手帳を見せた。

「大船渡署の高田《たかだ》です。田鶴さんの件でちょっと聞きたいことがあるので、署まで同行してもらえますか」

＊

「相良《さがら》さん！」

大船渡の警察署に駆けつけたのは、萌絵《もえ》と亀石《かめいし》所長だった。

もう夜九時をまわっている。無量が警察に任意同行を求められたとの知らせを聞いて、いても立ってもいられず、盛岡《もりおか》から電車を乗り継ぎ、三時間かけてはるばる駆けつけてきた。

忍は玄関前の椅子に腰掛けて、事情聴取が終わるのを待っているところだった。

「所長、永倉《ながくら》さん。来てくれたんですか」

「うちの発掘員が警察に呼ばれたとあっちゃ、悠長に冷麺《れいめん》食ってる場合じゃねえだろう」

亀石はあごひげを撫《な》でながら、落ち着かない様子で署内の様子を見回している。

「無量はどこだ」

「まだ事情聴取中みたいです。一応、参考人として呼ばれてるみたいですが」

「おい。傷害容疑をかけられてるんじゃないだろうな」

それに近いでしょうね、と忍も険しい顔になって答えた。

「現場は国道沿いのドラッグストア。田鶴さんは車で来てたらしく、車には祖波《そば》神社から出たとおぼしき遺物の入ったコンテナが載ってたそうです。どこかに運ぶ途中だったようですね。何者かに暴行されて発見した人が救急車を呼んだそうなんですが、その時はまだ意識があって『誰にやられたのか』と訊いたら『西原だ』って答えたらしく」

「そんな……っ」

萌絵は悲鳴のような声をあげた。

「西原くんがそんなことするわけ……！」

「ああ。だが、目撃者がいた。救急車を呼んだ人物だ。犯人はふたり組で、車から荷物を運び出した後、止めようとした田鶴さんを角材みたいなもので滅多打ちにしたって。そいつの服装や背格好が無量と似ていたそうだ。しかも片方だけ革手袋をしてたって」

「無量のアリバイは？」

「犯行時間は昨日の夜七時頃。無量は川北《かわきた》さんちにいたんですが、運悪く、たまたま川北夫妻が町の寄合で外に出ていたみたいで」

「じゃ、家にひとりだったのか？」

「三時間ほど」

犯行を行おうと思えば、ぎりぎり、できない時間ではない。忍は目を据わらせて、

「無量は免許も持ってないし、動くとすれば公共交通機関かタクシーを使うしかない。駅にはたいてい防犯カメラがあるから、それで証明できるはずですが、共犯がいると」

「そいつが車を出したと？」

「それが刑事さんたちの見立てみたいですね。今夜は帰れるかどうか」

忍の口調が殺気立っている。謂《い》われのない容疑をかけてきた警察に、憤りを覚えている。

「無量は田鶴さんとは発掘作業をめぐって険悪になってたようでした。昨日も担当してたグリッドから外されたみたいで。警察にはそれが動機だと思われたみたいだ」

「西原くんがそんな馬鹿なことするわけないじゃない！ 私が一言言って……っ」

と取調室に乗り込もうとする萌絵を亀石が止めた。

「あくまで参考人扱いなんだろ。逮捕状がないなら、警察も無理には引き留められん。おとなしく待て」

「でも！」

「僕はもう一度、病院に行きます。田鶴さんに話を聞かないと」

しかし田鶴は集中治療室だ。が、忍は上着を肩にひっかけて立ちあがった。

「意識不明だろうがなんだろうが、叩《たた》き起こしますよ。無量に容疑をなすりつけたまま、死なれても困る」

萌絵はどきりとした。寒々しい忍の目つきは、まるで青ざめた日本刀の刃《やいば》だ。「カイ」のほうだ――と、萌絵は思った。『雪の女王』の、鏡の破片が胸に刺さったあの「カイ」だ。無量に害なす者相手に忍は手段を選ばない。

「おい、相良！　勝手な真似は許さんぞ」

「大丈夫です。呼吸器を引っこ抜いてでも取り消させますよ」

「馬鹿か、おい相良！」

無量を頼みます、と言って忍は出て行ってしまう。すかさず亀石が萌絵に「ついてけ」と指示した。萌絵は慌てて忍の後を追った。

「待って、相良さん！」

忍は聞こえていないのか、黙って車に乗り込む。置いていかれないように、萌絵は動きかける車の後部座席に慌てて飛び乗った。一度こうと決めたら最後、忍は本当にやる。本当に、危篤だろうがなんだろうが、証言を取り消させようとするだろう。

「このまま無量を犯人扱いされてたまるか。君だってそう思うだろう？」

「そりゃもちろん、困りますけど、無茶はだめです！」

警察署から病院は近い。忍は救急外来口を通り抜けると、集中治療室に向かった。突然現れた忍たちを見て、看護師は患者の家族かと思ったらしい。

「田鶴さんはどこですか」

田鶴は集中治療室にいなかった。あのあと、意識を取り戻し、容態も安定していたのですぐに一般病棟へと移されたという。幸い、それ以上の重篤な症状は見られなかったようだ。消灯時間直前の廊下を、田鶴のいる病棟目指して早足で歩き出す。萌絵も後を追った。

「どなたさまでしょうか」

病室には田鶴の両親がいた。先ほど静岡から到着したばかりだ。ベッドに横たわる田鶴は、頭や顔に外傷があり、医療用ネットをつけて痛々しい有様だ。面会謝絶で、絶対安静を言いつけられている。

「警察の方から来ました。遺留品と照合したいので、指紋を取らせてもらいます」

よどみなく、口からでまかせが出てくるのは、さすが忍だというしかない。それにあくまで警察の「方角から」来たのでそこは嘘ではない。「永倉さん」と声をかけると、萌絵も阿吽《あうん》の呼吸で察した。

「すみません。すぐ済みますので、ちょっとだけ席を外してもらえますか」

と両親を病室の外へと強引に押し出した。忍は眠っている田鶴のもとに詰め寄って、容赦なく頰を何度か叩いた。結構な強さで叩いた。すると――。

田鶴が目を覚ましたではないか。

「気がつきましたか。田鶴さん」

しばらくぼんやりしていたが、目の前の「見知らぬ男」に気づいて、怪訝《けげん》そうな顔をした。すると、忍は何を思ったか。いきなり田鶴の胸ぐらを掴《つか》み、ベッドへと押しつけた。田鶴はびっくりして、

「な……なんだ……あんた」

「……西原無量にやられたって言ったそうだな。どうしてそんな嘘をつく」

「え……」

「とぼけるな。警察にそう証言したんだろう」

忍は押し殺した声で迫る。眼には威圧感をみなぎらせ、怪我人だろうがおかまいなく容赦なく、尋問した。

「その怪我のことだ。君を襲ったのは無量だったと証言しただろう」

「しょう…げん……？」

「ああ、証言だ。なぜ嘘をついた。誰かにそう指図されたのか」

忍の殺気に圧倒されつつも、田鶴はのろのろと記憶をたどった。

「店の駐車場で……そうだ、だれかに襲われて……」

「警察の人が言ってたぞ。あんたがそう証言したって」

「証言って……なんのこと……」

そこで忍はピンと来た。——していない？　証言していないのか？

「まさか誰かが無量に罪をなすりつけようとして」

目撃者か、と忍は気づいた。通報した者が、証言を捏造《ねつぞう》したと？

忍の脳裏に閃《ひらめ》いたのは、さっき病院ですれ違った「あの男」のことだ。無量光院にいた男、発掘センターをやめていた男、及川《おいかわ》の親友。

忍は田鶴の胸ぐらを体が浮くほどグイッと引き寄せた。

「襲われた時の状況、覚えていること全部言え。何でもいい。誰を見た。何があった。襲った人間の特徴は」

「い……いきなり言われても」

「いいからさっさと思い出せ！」

忍に脅され、田鶴は襲われた時の記憶をぽつぽつと語り出した。

田鶴は祖波神社の現場で出土した遺物を、専門家の分析にかけるため、盛岡にある博物館へと運ぼうとしているところだった。途中、ドラッグストアに寄り、車を停めて離れた隙に、何者かがトランクの荷物を持ち出そうとしていたという。田鶴はすぐに止めようと駆け寄ったが、そのうちのひとりに角材のようなもので体を殴打された。地に伏して身をかばうので精一杯だったが……。

「運んでいた遺物というのは」

「人骨だ。『三本指の右手』と蕨手刀《わらびてとう》……っ」

忍は目を剝《む》いた。「鬼の右手」だ。錦戸は収蔵庫からなくなったと言っていたが、田鶴が盛岡に運ぶために持ち出していたのだ。そこを狙われた。暴漢に奪われたのだ。

「それで蕨手刀だけ残されていたのか。その犯人たちの特徴は」

「たしか、ふたり……顔はよく見えなかったけど、そういえば、立ち去る時、なにか言ってた……」

「なんだと？　なにを言った」

「担当をおりろって」

田鶴は記憶の糸をたぐるようにして言った。

「……さもなくば、石段の上まで掘れ、と」

「石段」

「掘らないなら次は覚悟しろって……俺を脅した。そいつは……カーキの上着と、片手に革手袋をはめてた。そうだ。あれは西原だ。西原のやつが俺を逆恨みして！」

田鶴は、逆に忍の腕を強く摑んできた。

「西原だ！　やつがやったんだ！　犯人は西原だ！」

興奮してわめきちらす。忍は目を瞠《みは》っていたが、やがて一連の流れを呑《の》み込み、冷徹な表情になった。その目はもう田鶴を見てはいない。別のことを考えている。

「石段の……上まで……か」

＊

無量はそれから一時間ほどして、ようやく警察署から帰された。

やはり、きっかけは目撃者の証言だった。犯人は、カーキのジャケットにフードをかぶっていて、顔は大きな防寒マスクで覆っており、片手に革手袋をはめていた。つまり、無量と風体がそっくりなのだ。

上着もカーキのフードジャケット。革手袋はもちろん、今日もはめている。

厄介なことに、ドラッグストアの防犯カメラにはそれらしき風体の若者が映っていたという。だが、無量はその店に行ったこともなく、同じ時間には川北家にいた。が、川北夫妻が留守だったので無量の在宅を証明できない。しかも、当の田鶴が昏倒直前に「西原だった」と言い残していたといい、警察はそれを鵜呑《うの》みにした。更に関係者から無量と田鶴の不仲を聞きつけた。それで容疑をかけられたわけだ。

あくまで「参考人」なので、その日は帰してもらえたが、容疑が晴れた、という感じではない。マークしつづける気満々のようだった。

亀石と共に警察署から出てきた無量は、ぐったりしていた。発掘作業中の田鶴とのやりとりや、犯行時間中の行動を執拗《しつよう》に訊《き》かれたためだ。

「すいません。亀石サン。変なことになっちゃって」

「……ったく。おまえさんが遺物だけでなく事件のほうも当たり屋だってのは、もう十分わかってるよ」

亀石が駆けつけてくれたのは、ありがたい。なんだかんだ言いつつも、一番頼りになる男だった。

「どこのどいつの仕業だか知らないが、馬鹿なことしやがって。そうでなくったって、手が足りなくて、一杯一杯だってのに」

亀石の言葉は、無量の気持ちを代弁していた。田鶴が怪我で現場を離れたら、作業がストップしてしまう。自分が容疑者扱いされていることよりも、そっちのほうが問題だった。

「これで無量まで抜けたら、完全に止まるぞ。犯人の目的は作業妨害か？」

「いや。逆ですね。作業を進めることです」

車のハンドルを握る忍が、前のトラックのテールランプを睨《にら》んで言った。

「なんだと？　どういうことだ」

「犯人は田鶴さんに『担当をおりろ』と脅してきた。田鶴さんが工期を理由に発掘を終了させると知ったからでしょう。『おりろ』さもなければ『石段の上まで掘れ』と」

「石段の、上？」

無量が後部座席から問いかけてきた。隣から萌絵が、

「あの現場に石段なんて、あった？」

「ちょっと外れた斜面に古い石段がある。調査区域には入ってないけど」

「上には何があったの？」

「俺も上がったことはないけど、篠崎《しのざき》さんによれば、小さい祠《ほこら》があるって」

「犯人はまるでそこに何が埋まっているか、知ってるみたいだな」

忍は明晰《めいせき》な口調で言った。

「しかも、それを掘り出したがっている。だから田鶴さんを脅した。『鬼の右手』を奪ったこととも無関係じゃないだろう」

犯人たちは「鬼の右手」を奪うために田鶴調査員を襲った。ただの車上狙いでも偶然でもない。荷物の中身が「それ」であることを初めからわかっていて奪おうとしたとみて間違いない。

「でも、ただの骨だぞ。盗むような値打ちは」

「ないね。だが、犯人には『ある』ものだったんだろう。永倉さん、祖波神社については、その後、なにかわかったかい？」

「はい。今日、ちょうど熊田《くまだ》先生に会って」

文化財レスキューで世話になっている地元博物館の学芸員だ。

「先生によると、あの祖波山には『鬼の墓』があるって言い伝えがあったみたい」

鬼の墓？　と無量が目を見開いた。

「あの右手のことか？」

「先生は、金山《きんざん》の守り神を祀《まつ》っているから、そこで鬼といえば、鉱夫のことじゃないかって」

昔は、古修験の行者が不老不死薬を求めて山中に分け入り、水銀などの鉱脈を探した。その行者に従って採掘を行った鉱夫が「鬼」と伝えられるところから、金山などの鉱夫を指して「鬼」と呼ぶことがあったという。

「鉱夫の墓？　つまり、あの右手は、金山の関係者のもの？」

「わからないけど……。それとは別に、祖波神社には元々『長谷堂《はせどう》』っていう観音様を祀ったお堂があったんですって。でも火事で焼失してしまって……。祀ってあったご本尊の十一面観音は運び出されて無事だったそうなんだけど、お堂は再建しないで、観音様だけ別のお寺に移して祀ったみたい」

萌絵はメモした手帳を広げた。

「観音様が引っ越したのは、えー……と、瑠璃光寺《るりこうじ》ってお寺。熊田先生によると、そこに長谷堂の由緒を記した古文書が残ってるかもしれないって」

「由来書、か」

「明日《あした》にでも伺ってみようかと思ってたんだけど」

頼む、と忍が言った。

「僕は気になることができたから、一関《いちのせき》に戻るよ」

「おい、相良。あんまり深く首つっこむな。また水責めにでもあったらどうすんだ」

亀石が心配するのも無理はない。忍は出雲《いずも》でも長崎《ながさき》でも、事件に巻き込まれて命まで危ないような状況に陥っている。

「ですが、所長。このままじゃ無量が犯人にされてしまいます。犯人が別にいることを証明しないと」

「それはおまえがやることか？　警察の仕事だろう」

「いいえ。犯人はわざと無量に罪をなすりつけたんです。黙っていたら、犯人に仕立てあげられてしまう。それに」

忍は赤信号で車を停めて、スマホを取りだし、亀石に画像を見せた。

「平泉《ひらいずみ》の遺跡発掘センターの元職員・浅利健吾《けんご》。同じセンター職員の及川さんは、平泉の遺物盗難は、この男の仕業かも知れないと疑っていました。その浅利が、さっき、田鶴さんが運ばれた病院にいたんです」

「なんだって。そりゃどういうことだ」

「わかりません。でも浅利は、盗難が起きた日、平泉にもいたんです」

何かある、と忍は睨んでいる。それだけじゃない。

「鬼頭さんの家が『鬼の頭』を祀っている……。というのも気になる」

誰？　と萌絵から問われ、経緯《いきさつ》を説明した。中尊寺《ちゅうそんじ》大池の担当調査員で、浅利健吾の元恋人。その家の主《あるじ》は、続けて不審死を遂げている。遺体の手にあった毘沙門天《びしゃもんてん》の札が、遺物窃盗犯が残していった札とよく似ていることも。

「〝悪路王〟……か。岩手らしい名前じゃないか」

と亀石がうそぶくように言った。

「その〝悪路王〟とやらの正体が、浅利健吾だと疑ってるのか？」

「及川さんの見立てが当たっていれば、の話ですが」

「平泉には『鬼の頭』。陸前高田《りくぜんたかた》には『鬼の右手』……。なんなの、これ。次は足が出てきちゃうかも」

「だが、無量。祖波神社が『鬼の墓』だからって、あの右手が鬼のものとは限らないんじゃないか？」

「ああ。だから、長谷堂の由来書の中身が知りたい」

無量は手がかりが欲しかった。あの右手の正体が知りたかった。

「それがわかれば、奪われた理由も見えてくるかも」

「…ったく。わかった。なら、無量。おまえは永倉とあの右手のことを調べろ。相良は平泉だ。俺は岩手の知人にあたって、その浅利という男がセンターやめた後、どこで何をしてるのか、聞いて回ってみる」

「助かります」

気仙沼《けせんぬま》のホテルに萌絵と亀石をおろし、川北家に着いたのは、もう十二時近かった。

無量をひとまず川北に預け、忍は一関に帰っていった。

＊

その翌日——。

無量はさっそく萌絵と一緒に陸前高田にある瑠璃光寺を訪ねることにした。長谷堂の観音が預けられているという寺だ。

「またあんたが運転すんの？」

気仙沼駅までレンタカーで迎えに来た萌絵を見て、無量は後ずさりした。

「なに？　文句ある？」

無量がこの世で最も恐れるものは、萌絵の運転なのだ。

「どうしても乗んなきゃだめ？」

「だめ」

相変わらずの調子で、カーナビを無視しまくる、肩に力の入った運転は、無量をひやひやイライラさせたが、車がなければ自由に動けない地域なので、耐えるしかない。

「あーもー。ほらまた後ろ渋滞してる」

「安全第一です」

「キープレフトしすぎ！　ミラーこすれる！」

「集中できないから、黙って」

ようやく車の少ない道に入った。ホッとした無量に萌絵が言った。

「それにしても、どうして西原くんが派遣される現場って、こんなんなっちゃうのかな。警察のお世話になるの何回目？」

「お世話にはなってない。俺が呼んでるわけでもない」

本人は飄々《ひょうひょう》としている。人の気も知らないで、と萌絵は呆《あき》れた。

いやな予感はしていたのだ。「鬼の右手」が出た時から。事件のにおいが嗅《か》ぎ取れるようになってしまった自分に、萌絵は我ながら辟易《へきえき》している。何せこれが四度目だ。

「何があるかわからないし、明日から、きっちり現場まで車で送り迎えさせていただきますから」

「いらねーし。運転おっかねーし」

「強がってる。ほんとは事件に巻き込まれて不安なくせに」

「あんたの運転のほうが、不安」

「わかってる？　犯人はわざわざ西原くんと似た格好して革手袋までつけて罪をなすりつけようとしたんだよ？　なんでよりによって西原くんを……」

「俺が田鶴さんと険悪だったからでしょ。担当トレンチから外されて動機十分だし」

「そういう事情を知ってるってことは、現場に通じてる人？」

萌絵の言葉に、無量はペットボトルの蓋《ふた》にかけた手を止めた。

「……現場の人間が、犯人って言いたいのか？」

「疑いたくはないけど、犯人でなくても犯人に通じてる人がいる可能性はあるんじゃないかな。心当たりない？」

無量は作業員たちの顔を思い浮かべ、打ち払うように首を振ると「あるわけない」と答えた。

「俺以外で田鶴さんに恨み持つヤツがいるとも思えないし、大体『三本指の右手』を奪う意味がわからない」

「だよね。なんだか気味が悪いなあ。いったい何が目的なんだろう」

そうこうしている間に、車は目的地についた。

「ここは……」

寺のあったところは更地になっていて、雑草が風に揺れている。石仏が数体横たえられていて奥にはプレハブ小屋がぽつりと建っている。

当惑していると「お参りですか」と声をかけてきた者がいる。作務衣《さむえ》を着た僧侶《そうりょ》だった。斜面にある墓地の清掃をしていたところのようだ。ふたりは頭を下げた。

「祖波神社で発掘調査をしている者です。昔、祖波神社に建っていた長谷堂について調べているのですが、少しお話を伺ってもよろしいでしょうか」

瑠璃光寺の阿部《あべ》住職は、ふたりを歓待してくれた。

本堂は津波で罹災《りさい》し、今は建て直しに向けて準備中だという。

かつて長谷堂にあった十一面観音像も、ここに祀《まつ》られていた。

震災では本堂が津波をかぶり、仏像も瓦礫《がれき》の中から発見されていた。本堂は土台から流されはしたが、すぐ後ろが斜面だったため、建物はそこで止まり、かろうじて流失を免れたという。しかし、中にあったものは泥をかぶってしまったので、洗浄や修復が必要だった。きれいになった本尊と十一面観音が、プレハブ小屋の仮本堂に祀られていた。

「右にあるのが昔、長谷堂にあったという十一面観音です」

プレハブの本堂には畳が敷かれている。簡素な内陣には、本尊の阿弥陀如来《あみだにょらい》。その脇に、長谷堂から移されたという十一面観音が安置されていた。

右手には錫杖《しゃくじょう》、左手には蓮華《れんげ》をさした水瓶を持つ、「長谷寺式」の十一面観音だ。

しかし、造形は素朴そのもので、のっぺりとした顔は、どこか土俗的なにおいがする。本面と呼ばれる顔の上部には、十面の小さな頭が並んでいる。さらに簡素な造りで、目鼻らしきものはあるが表情まではうかがえない。一本の木から不器用に彫り上げられた、木訥《ぼくとつ》とした観音だ。

「修復中に胎内仏があることがわかったんです」

「胎内仏ですか」

「はい。貴重な発見でした。津波に流されなければ、誰も気づかなかった。とても珍しいので、今、東京の文化財研究所で詳しく調査中です」

後ろからも見れますよ、と言い、背面に案内してくれた。

十一面観音の後ろ姿を見た無量は、ぎょっとした。

観音の後頭部にある顔——十面ある「小さな頭」のひとつが、大笑いしているのだ。穏やかで慈悲深い観音には似つかわしくない、どこか禍々《まがまが》しい、いっそ下品なほど大口を開けて笑っている。

「あの観音様、なんで大笑いしてんすか」

「ああ。あれは大笑面《だいしょうめん》といって、十一面観音の後頭部には必ずあの顔があるんだよ。暴《ぼう》悪《あく》大笑面ともいう」

「暴悪……」

「人間の悪に怒るあまり、悪を笑い飛ばして滅するのだとか」

無量は、その「禍々しい笑い顔」が何かと重なった。そう。自分の右手だ。右手の火傷痕《やけどあと》だ。「笑っている鬼の顔」にそっくりだと感じたのだ。

思わず、革手袋をめくって見比べてしまった。

その鬼の顔と十一面観音の暴悪大笑面が、同じ顔をしている。無量にはそう見えた。

ちがう、と無量が呟《つぶや》いた。

「……あれは……怒ってるんじゃない」

え？　と萌絵が顔を覗《のぞ》き込んだ。無量は心を吸いあげられたかのように暴悪大笑面を見上げている。口寄せのイタコのように忘我して、独り言のように呟いた。

「あれは……嘲笑《あざわら》ってる。ひたすら嘲笑ってるんだ」

「西原くん？」

「怒りなんていいもんじゃない……あれは……。全てのものを……人間を、俺たちを」

「西原くん」

ハッと無量が我に返った。

すぐに革手袋を元に戻し、取り繕うように手を合わせた。そして「その長谷堂なんですが……」と阿部住職へと切り出した。

「いつ頃建てられたお堂なんすか」

「平安時代初期の創建だったと伝えられています。この気仙地方は、観音信仰が盛んで、気仙三十三ヵ所観音霊場もあるほどで」

江戸時代に火事で焼け、本尊十一面観音はこの寺に預けられた。そのうちに、明治の世となり、神仏分離令が発せられ、結局再建されることなく、預かり仏のまま、この寺で祀られていたものだった。

「その祖波神社と長谷堂がなぜ、そこに建てられたのか。聞いていませんか？」

「一説によれば、祖波神社のあったところは『ある貴い方』の墓だと」

「貴い方の……墓？　墳墓だったんですか」

「一体、誰の？」

「源《みなもとの》義経《よしつね》」

無量と萌絵は、ぎょっとした。

「義経の、墓⁉」

「えっ。でもちょっと待ってください。義経は平泉で亡くなったのでは？」

するると、阿部住職は明るく笑った。

「岩手には義経北行伝説というのがあるんです。平泉の高館《たかだち》で死んだのは、義経の影武者・杉目太郎《すぎのめたろう》で、義経本人は生きていて、北へ北へと逃げていったというものです」

「あれですか？　北海道まで逃げて、最終的にはチンギスハンになったとかいう」

「はい、それです。三陸には、義経が野宿したり、風呂《ふろ》をもらったり、お経を奉納したりしたといわれる神社や寺がたくさん残っているんです」

義経一行にお伴を願い出て断られた先祖の話、義経一行の関係者が居残った話、礼状や家系図などを所有する旧家もある。それらは延々と青森県から北海道まで続いていて、本当に生きていたのではないかと思えてくるほど、やけにリアリティがある。

「気仙は、その北行ルートからは外れているんですが、気仙まで逃れてきて討たれたとも伝えられていて。義経本人ではなく、家来じゃないか、とか、奥さんじゃないかとも」

その供養のため、長谷堂をおいたというのだ。

「義経……の、右手？　いやまさかな」

「発掘で、何か出土したんですか？」

無量は携帯で撮った画像を見せた。例の「三本指の右手」だ。

「――……地元の作業員さんが、これを見て『鬼の手』ではないかと言ってました。岩手には鬼の伝説がたくさん残っているそうなので。祖波神社は鬼の墓、だという言い伝えもあったそうなんですが」

「うー……ん。詳しくは氏子の方に直接聞いた方がいいんじゃないかな」

と阿部住職は言った。義経と鬼の因果関係は、わからない、という。

無量は「そうですか」と答えて、須弥壇《しゅみだん》を見た。そして、ふと観音のそばに寄り添うようにして立つ鎧《よろい》姿の仏像に気がついた。

「あの、これ毘沙門天ですか」

「ええ、そうですよ」

鬼を踏みしめて右手に槍《やり》を握り、目を剝《む》いて威嚇する、武人の姿をした仏像だ。阿部住職は「よく気づきましたね」というように目を細めた。

「これも長谷堂に祀られていたものです。こちらの帝釈天《たいしゃくてん》と対になっています」

「十一面観音と、毘沙門天……」

無量はそこに何を感じたのか。

決して手の込んだ秀麗な造形ではない。むしろ土俗的で、稚拙で、だが、その洗練のかけらもない木訥で無骨な姿が、愚直なまでに剝き出しにされた荒々しい神性ともいうべきものを見る者に与える。

黙り込んでしまう無量のかわりに、萌絵が問いかけた。

「博物館の熊田先生から聞いたのですが、こちらに長谷堂の由来書のようなものを所蔵されていませんでしたか」

「由来書……。ええ、当院にありました」

「今はどちらに」

「それが……津波で泥をかぶってしまいまして」

阿部住職は無念そうに言った。

「泥や海水を吸ってしまってだいぶ汚れてしまったので、もうちょっと読める状態ではありません。残念なことですが」

「内容がわかるものなどは」

「あいにく何も。先代住職は知っていたと思うのですが、それを伝えられる前に亡くなってしまい……。でも由来書にはもう少し具体的な創建の経緯が書かれてあったと思います」

「汚損した文書は、まだありますか。廃棄してしまったりは」

「いや。自宅のほうに保管してあります」

萌絵は前のめりになって言った。

「見せてもらうことはできますか」

「ええ。もちろん」

細く立ち上る線香の煙のむこうに、十一面観音の厳かな顔がある。

殺風景なプレハブの中にしつらえた壇の前で、鮮やかな色をした造り物の供花が、木訥とした神仏とのコントラストを生み出して、不思議な空気を醸し出す。

無量は考え込んだままだ。なかなかその場を離れようとはしなかった。


阿部住職の自宅は、高台の仮設住宅だった。

本堂に隣接していた庫裏《くり》も津波で全壊し、再建工事を待っているところだ。

高台移転するかどうか、迷ったようだが、元あった場所に再建することを決めたという。歴史ある寺の住職として「その土地にある」ということにこだわった上での結論だった。

幸い、斜面にあった墓地は流されずに残っていた。檀家《だんか》の中には移転する者も多かったが、寺の再建に協力してくれる者も少なくないという。

震災の時は、僧侶《そうりょ》として、犠牲者の供養のため、毎日のように遺族の家を回った。遺体安置所にも通った。自身も避難生活を続ける中で、ようやくお経をあげてもらえたと涙する遺族の安堵《あんど》した顔が忘れられない。そんな話を、阿部住職はしてくれた。

無量と萌絵は、その一言一言を胸の奥で受け止めた。

阿部住職はアルミ缶の箱に保管していた「長谷堂由来書」なる古文書を差し出した。

蓋《ふた》を開けると、うっすらカビのにおいがする。

「ああ……。ちゃんと乾かしたつもりだったんだが」

汚損した古文書がみっしり重なっている。ゴム手袋をして、取りだした。

「紙と紙が張り付いてしまって、まともに読もうとすると破けてしまうんです。元に戻すのは、難しいですよね……」

「いえ」

覗き込んだ萌絵が、言った。

「……安定化処理すれば、なんとかなるかもしれません」

「本当ですか」

「文化財レスキューの活動をされてる方に頼みましょう。きっときれいにできるはずです。紙が海水の塩分と泥を多く含んでいるので、まずそれを取り除きます」

「でもこんなに張り付いてしまっては……」

「それも元に戻せます。私、見てきました。濡《ぬ》れてくっついてしまった紙も、真空凍結乾燥などで、きれいに剝《は》がせるようになるそうです。それに和紙は最近の紙なんかよりもずっとしっかりしてて、劣化しにくいんだそうです。やってみましょう」

阿部住職の表情が、明るくなった。

萌絵はさっそく、レスキュー活動で世話になった熊田学芸員に連絡して、段取りをつけることにした。持ち込みの申し出にＯＫがでた。古文書は他のものも合わせて、明日《あした》、レスキュー活動をしている廃校になった小学校へ持って行くことになった。

「ありがとうございます。ほっとしました」

阿部住職は喜んでいた。

「家も寺も流されて、今はもう集落のあった面影もほとんど残っていませんが、これで地域の記憶をひとつ残すことができます。本当にありがたい」

ふと無量の心に「地域の記憶」という言葉が響いた。

「風景もすっかり変わってしまい、地域の人たちもばらばらになった今、自分たちのふるさとの記憶のよすがになるものは、どんな小さなものでも、ありがたいんだよ」

と阿部住職は言った。

無量は、津波に家を流されて更地になった集落の光景を思い出した。

――思い出のものは、みんな流されて……。

日々の記憶が染みついたものをすべて失ってしまった人にとって、その古文書は大事な記憶の一部でもある。あえて歴史とは言わない。日々の営みとともにあった当たり前の風景は、今はもう茫漠《ぼうばく》と風が吹くだけの、荒涼とした更地になってしまった。

そこに暮らしがあった証《あかし》も、失われた。だが、古い文物は、雄弁だ。そこには、確かに自分たちの先祖が暮らし、営んだ証があるからだ。

「泥の中から見つかったご本尊たちも、同じだ。避難生活でばらばらになった檀家さんたちも、時々あのプレハブにやってくる。ご本尊に会いに来る。昔から拝んできた観音様がそこにあることにほっとしていくようだ」

「そう、だったんですね……」

「よろしく頼みます」

「はい。明日、あらためて責任をもって取りにきます」

「檀家の皆も喜ぶと思います」

住職に見送られ、萌絵と無量は、車へと乗り込んだ。

よい橋渡しができたようで、萌絵は少し誇らしかった。その隣で、無量はまた押し黙っている。

「ふるさとの記憶、か……」

考え込んでいる。

言葉から、その底にあるものを掘り出そうとするように。

発掘をしている時と同じ眼をしている、と萌絵は感じた。その「掘削」を妨げないよう、何も言わずに運転に専念した。

フロントガラスの向こうには、かさ上げ工事の始まった、町の跡が広がっている。

＊

無量と萌絵は、その足で、祖波神社の発掘現場へやってきた。

今日も作業は休みなので、トレンチはブルーシートで覆われている。プレハブ小屋もカーテンがしまっていて、人気《ひとけ》はない。

無量は「鬼の右手」が出たトレンチのそばに座り込んで、眼下に流れる気仙川を眺めていた。

祖波神社の氏子が住んでいた集落は、山の麓《ふもと》にあったが、ほとんどが気仙川を逆流してきた津波に流されて、今は更地になっている。高台にあった数軒がかろうじて残っただけだ。この神社へと逃げてきて、助かった者もいるという。

携帯電話でどこかと話していた萌絵が、戻ってきた。

「氏子さんたちは、今は仮設住宅にいるみたい。ばらばらになってるって」

「探すの大変そうだな」

「うん。でもなんとかしてみる。……ここ？　例の『鬼の右手』が出たのは」

ああ、と無量はうなずいた。

「義経の右手？　……あれが？」

かなり大きな手だった。まだ弁慶《べんけい》の手というなら納得できるが。

「そうだとしても、不思議だよね。なんで右手しかないんだろ」

「しかも指が三本しかない。けど仮に義経のものなら、穿孔《せんこう》かわらけが一緒に出てくるのも納得できる。いかにも平泉の頃の出土物っぽいし。ただ、そうなると蕨手刀《わらびてとう》が謎だな。奥州藤原《おうしゅうふじわら》氏の頃とは、時代的にちぐはぐな感じがする」

共伴で出てきた穿孔かわらけと蕨手刀は、今は整理作業中だ。

「それに」

と無量は肩越しに、斜面の上を見上げた。

――石段の上まで、掘れ。

無量が歩き出す。萌絵が慌てて後を追った。

向かったのは、例の古びた石段だ。石段といってもずいぶん簡素なもので、不揃いな石を急斜面に滑り止めとして並べた程度だ。ひとひとり通るのがやっと、という狭い石段が、三十段ほど。あがりきったところには、古い石の祠《ほこら》がぽつりと建っている。

「この祠は」

無量が右手を押さえた。

火傷《やけど》の痕《あと》が、疼《うず》きだした。

「大丈夫？」

「へーき……」

なんとも不気味な祠だ。風雨にさらされて、角は削《そ》げ、苔《こけ》がこびりついている。観音開きの小さな扉は、固く閉ざされ、その中に何が祀《まつ》られているともわからない。薄汚れた杯がひとつ、伏せられているところを見ると、全く放置されているわけではないようだ。

祠が建つ狭い平坦地《へいたん》は「鬼の右手」が出た場所と、雰囲気がよく似ている。周りに木があった頃は、もっと鬱蒼《うっそう》としてわかりにくかったろうが、今はテラスのように見晴らしがいい。無量は、出雲の荒神谷《こうじんだに》遺跡を思い出した。

「右手。もしかして、また騒いでる？」

「ああ……。けど」

無量は右手を黙らせるように強く、押さえた。

「……ここは、手を出しちゃいけない気がする」

「なんで？」

「根拠はない。でも何か嫌な感じがする」

右手はおかまいなしに騒ぐ。そこを掘らせろ、掘らせろ、と。興奮するあまり、傷跡が熱を発しているのが、わかる。右手は掘らせろと騒いでいるが、無量の脳は、それとは正反対の感覚を抱いていた。――掘ってはいけない。

ここはいけない、と。

古い祠の、薄気味悪さのせいなのか。それとも何か別の。

「悪い遺物なの？　呪いの、とか？　怨念《おんねん》がついてるとか？」

「知るか。そもそも霊感ないし」

「なら、どうして？」

うまく説明ができない。

そのときだ。

「おめさんたち、そこでなにしとる」

突然、背後から声をかけられて、無量たちは飛び上がるほど驚いた。

振り返ると、酒瓶を手にした老人があがってきたところだった。髭《ひげ》は白く、頭に毛糸の帽子をかぶり、腰はだいぶ曲がっているが、杖《つえ》もつかず、矍鑠《かくしゃく》としている。

「……下で発掘している者です。この上に祠があると聞いて」

「ああ、祖波神社を掘り返してる人たちかね」

老人はふたりを押しのけるようにしてあがってきて、祠の前でしゃがみこんだ。

「氏子さんですか」

「あそこは墓だと言っているのに、全く罰当たりなことだ」

老人は酒瓶の蓋《ふた》をあけた。置いてあった杯は、この老人のものらしい。酒を注ぎながら、

「まあ、掘り返すどころか山ごと崩すんじゃあ仕方あんめえ……」

「墓というのは、義経の、ですか？　それとも——」

「何か出てきたのかね」

老人は耳が遠いのか。自分のペースを崩さず、合掌した。

「はい。指が三本しかない、右手の骨が」

「ほう」

老人は抑揚のない感嘆の声を漏らした。

「三本指の、右手か」

「でもそれは盗まれました。誰かが奪っていったんです。恐竜の骨なら、まだわかる。なぜ、古い人骨なんか盗んだのか。理由が知りたい」

老人は、タッパーに入った味噌《みそ》のかたまりのようなものを、祠の扉にこすりつけた。

「そりゃあ、手さ取り戻しに、きたんだべな」

「え？」

「切られた右手を、鬼が取り返しに来たんだべ」

無量と萌絵は、どきり、とした。「鬼」という単語は、まだ口にしていなかったので、驚いた。

「それどういうことすか」

ふたりが思い出したのは、渡辺綱《わたなべのつな》と鬼女の話だ。名刀髭切《ひげきり》で切り落とされた腕を、取り返しに来た鬼の話。綱の伯母《おば》に化けて、腕を奪い返して飛び去ったという。

「なんで鬼だと思うんすか？　やっぱり、ここは鬼の墓なんすか？」

「気仙には昔、鬼が住んでいたんだ」

老人は手に付いた味噌をなめ取りながら、供えた酒を自分で飲み干した。

「鬼って、あの鬼ですか？」

「大船渡にある猪川《いかわ》アいうところには赤頭《あかがしら》という鬼の一族が住んどって、頭領は高丸《たかまる》と言った。だが、坂上田村麻呂《さかのうえのたむらまろ》に追われて大きな岩から向こう岸に飛んだ。その岩が鬼越《おにこし》の地名の由来だ」

田村麻呂、と聞いて、無量はハッとした。忍から聞いた「悪路王」こと蝦夷《えみし》の英雄・阿弖流為《あてるい》のことを思い出したからだ。

「田村麻呂が討ち取った鬼の死骸をバラバラにして海に流し、流れ着いたのが、首崎《こうべざき》、脚崎《すねざき》、牙ケ崎。この近くにも田村麻呂に討ち取られた鬼の話がある。鬼の死骸は三つさ分げられで、猪川の長谷寺《ちょうこくじ》、小友《おとも》の常膳寺《じょうぜんじ》、矢作《やはぎ》の観音寺《かんのんじ》にそれぞれ埋葬されたんだ」

今は「気仙三観音」と呼ばれている寺々だ。十一面観音が祀られているという。

「もしかして、四つ目は、長谷堂があった、この場所？　つまり、出てきた右手は、その鬼の遺骸《いがい》だというわけですか」

「ああ、そういうことさなんべな」

義経のものじゃ、ない？

無量と萌絵は、仮説をあっけなく覆されて、顔を見合わせた。

だが、言われてみれば確かに、長谷堂にも十一面観音が祀られていた。死骸が埋葬された他の三つの寺と同じように。

「失礼ですが、氏子さんですか？　その言い伝えは祖波神社のもの？」

「氏子も何も、この山持ってだのは、この俺だ」

無量たちは「えっ」と声を詰まらせた。

「地権者さん……」

「もうじき、ここも崩されんべなあ。この祠さ、お参りにこれるのも、これが最後かもしれんなあ……」

神社は移転することになるが、この祠は移すことはないらしい。無量は食い下がるように言った。

「この祠は、田村麻呂に討たれた鬼を供養するための？　もしかして右手の他にもまだ何か埋まってるんすか？」

「山を崩してみりゃわかんべ」

「いや、それじゃ駄目なんです。ショベルカーやブルでごっそり削ったら、見つかるものも見つからない。何があるんです？」

寡黙な老人は立ちあがった。そして眼下に流れる気仙川を見渡した。その向こうには更地が広がり、陽光に輝く広田湾《ひろた》が望める。

「この山の土が、下の町の土になるってことだ。鬼の墓の上に町ができる……」

意味深なことを言い残し、立ち去ろうとする。すかさず、ふたりが後を追いかけようとした時だった。石段に足をかけた老人が、不意にぬかるみに足をすべらせて、どすん、と尻餅《しりもち》をついてしまったのだ。

「大丈夫ですか！」

慌ててふたりが駆け寄って、横から支えた。危うく斜面から転げ落ちるところだった。転んだ拍子に足を捻《ひね》ってしまったようで、うまく歩けない。

「こりゃまいった。仮設さ閉じこもってでだせいで、だいぶ足腰なまっとるなあ」

「とりあえず、おぶさってください」

と無量が背を向けてしゃがみこんだ。

「うち、どこですか。送ります」

＊

老人が暮らしている仮設住宅は、小学校の校庭に作られたものだった。

簡素な箱形の、平屋建て長屋が並んでいる。物干しには洗濯物が風に揺れ、玄関には植木を並べた家もあり、生活感が溢《あふ》れている。

無量が肩を担ぐようにして車から降りると、一番奥にある玄関から、サンダルをつっかけた若者が現れて、老人を出迎えた。

「じっちゃん、どこさ行っ……。え！　西原さん？」

「雅人《まさと》？　えっ……どういうこと？」

なんと。同じ現場で発掘作業をしているアルバイト作業員の高嶺《たかね》雅人ではないか。

老人は、雅人の祖父・彰義《あきよし》だったのだ。

ひとまず部屋に入って、捻挫《ねんざ》した足の手当をすることにした。経緯《いきさつ》を話しながら、無量はてきぱきと患部を湿布で冷やし、包帯でがっちり固定してやった。慣れた手さばきを、雅人は感心したように見つめている。

「すまんね。西原さんとやら」

「いえ。骨まではいってないと思うんすけど、明日《あした》、念のため病院で診てもらってください。……それにしても、雅人。おまえ、地権者さんの孫だったなんて」

「別に、こっちから言うことでもないと思ったから」

雅人はばつが悪い。隠していたわけではないと言い訳する。

祖父は、この仮設住宅で一人暮らしをしている。母方ではなく、雅人が幼い頃に離婚した父方の祖父だった。だが、両親の離婚後も祖父とは仲が良く、時々こうして様子を見に来るのだという。

祖波神社には神主はおらず、氏子たちだけで代々守ってきた。彰義はその総代（氏子の長）だった。氏子たちは皆、別々の仮設住宅にいて、なかなか集まることもできず、神社の保守もできなかったが、彰義は週に一度はやってきて拝礼を欠かさないという。

「もしかして、おじいさんの山の発掘だったからバイトに申し込んだの？」

と萌絵が訊《たず》ねた。いいえ、と雅人は首を振り、

「たまたまっす」

「じゃあ、祖波神社が鬼の墓だってことは知っていた？」

「えっ。そうなんすか？　そんなん初めて聞きました。……西原さんこそ、今日休みなのに現場でなにしてたんですか？」

無量と萌絵は互いに目配せした。話せば長くなってしまうので、

「うちの派遣事務所のマネージャーに現場の説明しにきただけ」

「そうそう。自己紹介遅れましたけど、私、亀石発掘派遣事務所の永倉です。西原のマ

ネージャーやってます」

専属ではないが、この際、細かいことはいい。雅人は曖昧《あいまい》にうなずき、

「それより、容子おばさんに聞いたけど、田鶴さんが入院したってホントっすか？」

「ああ。明日の作業は、たぶん代理の調査員さんが来ることになると思う」

「病気？　それとも」

襲われて「鬼の右手」を奪われた、とは告げるのも憚《はばか》られた。言葉を濁すふたりに、

祖父の彰義が言った。

「鬼の墓を暴いたんだ。そんくらいのバチが当たるのは覚悟しねど……」

「おい、じっちゃん……」

彰義はタバコを吹かし、酒をコップに注いだ。

「右手取り返した鬼に喰《く》われないよう。せいぜい、おめさんたちも気をつけることだ」

無量と萌絵は、彰義の仮設住宅を後にした。

雅人に見送られながら、車に乗り込み、走り出した。

助手席から、無量が呟《つぶや》いた。

「田鶴さんを襲って右手を取り返したのは、鬼の仕業……か」

「西原くんに変装してまで？　鬼の手つながり？」

「俺のは、ちゃんとありますよ」

と無量は右手をぶらぶらさせた。

「田村麻呂の鬼退治か……。田村麻呂といえば、桓武《かんむ》天皇の時代か」

「平安京《へいあんきょう》に遷都したのが、鳴くよウグイス平安京、だから西暦七九四年。在位期間は大体、八世紀から九世紀だよね。桓武の政治は、蝦夷《えみし》征伐と平安京遷都のふたつが二大柱で、その蝦夷征伐の締めくくりが阿弖流為《あてるい》との戦いだったと」

「あんたの口から蘊蓄《うんちく》がスラスラ出てくるとマジびびるんですけど」

「だから勉強してるんだってば」

「でも、田村麻呂の時代なら、蕨手刀《わらびてとう》が出てくるのは納得できる。問題は、穿孔《せんこう》かわらけ。うろ覚えだけど、確かあの形のやつは、平泉では十二世紀。円盤状かわらけに打ち欠きがみられるようになるのも、早くても九世紀。……蕨手刀はもっと前だ。つまり田村麻呂が退治した鬼を埋葬したっていうなら、蕨手刀と一緒に出てくるのは、まあ、おかしくない。でも、その時代にはなかった穿孔かわらけが一緒に出てくるのは、変だ」

「つまり？」

「あれは、田村麻呂の時代に埋葬したものじゃない。後世、誰かが埋めたもの」

「鬼の遺骸《いがい》、ではないってこと？」

「それはわからない。鬼の手だとしても、気仙三観音がある他の三ヵ所より、何百年か後に埋められた可能性が高い」

「でも長谷堂はあったんだよね。平安時代初期の創建だって」

「ああ。でも発掘現場からは、それらしき遺構は出てきてない。あったとすれば、石段の上。あの祠《ほこら》があったところかも」

「つまり、本当の鬼の墓は、あの祠の下にある……?」

そう無量は見ている。

確かに右手が騒いでいた。

だが、ここには手を出してはいけない、と第六感が訴えかけてきてもいた。

「ってことは、上が鬼の墓で、下が義経の墓? 義経北行の可能性は消えてないのね。

……よっしゃ」

と萌絵は拳《こぶし》を固めた。基本的に有名人には弱いのだ。無量は呆《あき》れつつ、

「義経の右手の線もね。それとは別に、もう一個、気になることが」

「なに?」

「雅人のやつ、わかりやすくすっとぼけてたけど、嘘をふたつ、ついてた」

「ふたつ?」

「ひとつめ。あいつ、たぶん、鬼の墓のこと、知ってた」

祖波神社は鬼の墓、と祖父から教えられていたにちがいない。が、黙っていた。「鬼の右手」が出て皆が騒いだ時も、知っていたくせに何も言わなかった。

「そういえば、あの追加トレンチを掘り始めた時、雅人は自分から手伝いにきてた」

「なんで言わなかったのかな。隠してたとか?」

「さあ。元々、無口なヤツだったし、関心がなかっただけかもだけど」

「ふたつめの嘘は、何？」

「雅人は一関から一時間半かけて通ってるって言ってたけど、嘘だな。あいつ、あの部屋でじーさんと一緒に暮らしてる」

「なんでわかるの？」

「物干し台に洗濯物があった。あいつの服が干してあった。歯ブラシも二本あったし、茶碗《ちゃわん》も箸《はし》も二人分あった。じーさんは一人暮らしのはずなのに」

無量には観察力がある。ぱっと見ただけでも、部屋の様子から瞬時に、雅人が住んでいることに気づけてしまった。

「通うのが大変だから、泊まりこみしてるだけかもよ？」

「ああ、かもな。けど、ひとつ気になるものがあった」

「なに？」

「段ボールの中に、俺が着てるコレと、よく似たカーキのジャケットがあった」

え！　と思わず、萌絵は声をあげて、車を道路脇に寄せた。サイドブレーキをかけ、こちらに身を乗り出して、

「ちょっと待って。それどういうこと？」

「家にあがる時、戸の隙間から一瞬ちらっと見えただけだったし、すぐ隠したみたいだったから確認はできなかったけど、雅人があんなの着てきたのは見たことない」

「待って！　まさか西原くんに化けて田鶴さんを襲ったのは、あの子だっていうの！」

　無量は険しい顔つきになっている。たまたま似た服を持っていたという可能性もある。

　萌絵が訊ねたが、無量はなお重苦しく黙り込んでしまっている。

「だとしても……どうして。なんのために田鶴さんを」

「わからない。わからないが、もうひとつ。決定的に見逃せないものが家にあった」

「なに？」

「気づかなかったか？」

　無量はようやく萌絵のほうを振り向いて、真顔で言った。

「じーさんちの表札」

「表札？」

「浅利って書いてあった」

　萌絵は息を呑《の》んだ。無量は鋭い目になって、言った。

「雅人の父方の苗字《みょうじ》は、浅利。『浅利健吾』と同じだ」

第五章　英雄は帰還したか

「浅利《あさり》健吾《けんご》の転職先がわかった？　本当ですか」

一ノ関《いちのせき》駅にある立ち食いそば屋のカウンターで、肩を並べてそばをすする亀石《かめいし》に、忍《しのぶ》が問いかけた。亀石は大きなエビの天ぷらに嚙みつきながら、答えた。

「発掘センターをやめてから、この業界からは離れたらしい。知人の紹介で、大日本製鉄に就職したんだと」

「大日本製鉄……老舗《しにせ》の鉄鋼メーカーですね。釜石《かまいし》にも製鉄所がある。ラグビーで有名な」

「東京の本社に勤めてるらしい」

「また、ずいぶんと畑違いなところに」

大日本製鉄の釜石製鉄所といえば、日本最古の近代製鉄所で知られている。

元々、三陸は地下資源が豊富で、金・銀・銅の他、鉄・鉛という、多種の鉱山がいたるところに存在した。江戸時代、盛岡《もりおか》藩は原材料となる鉄を他藩に輸出していたほどだ。

幕末になると、「近代製鉄の父」と呼ばれる盛岡藩の大島高任《おおしまたかとう》によって、日本初の高炉が建てられ、釜石鉄山の鉄鉱石から銑鉄《せんてつ》生産が行われるようになった。

釜石は八幡《やはた》と並び、製鉄業によって日本の近代化を支えた立役者ともいえるのだ。

「元々は官営だったんですよね。それが民間に払い下げられたと」

「第一次大戦では儲《もう》かったが、不況になると、労働争議で鉱夫が暴れたりして、経営が成り立たなくなって、その後、財閥系に譲られたとか……」

太平洋戦争では、米軍の攻撃をくらって壊滅的な被害を受けたが、戦後、高炉は復旧し、復興と高度経済成長期の礎を築いた。

だが、やがて安い海外産の鉄鉱石が輸入され、臨海工業地帯に大規模な製鉄所が造られるようになると、消費地から遠い釜石は次第に衰え、一九八九年に、地元の人々に惜しまれながら、高炉の火を消していた。

「鉄鋼業は、国力のバロメーターだったし、景気に左右されやすい業種でもあるからなあ。炭鉱なんかと一緒で、日本がぐんぐん成長してた頃の象徴みたいな存在だったんだろう」

「そういえば、鶴谷《つるや》さんが最近、記事書いてましたね」

鶴谷《つるや》暁実《あけみ》。社会派で鳴らした女性フリージャーナリストだ。亀石の友人で、忍たちも度々世話になっている。

「記事？　鉄鋼メーカーのか？」

「はい。合併話が進んでるという。海外と国内の両方からオファーがあって、井奈波《いなば》の人たちも、ぴりぴりしてたな。業界再編が進むんじゃないかって」

「業績悪いのか？　震災復興で鋼材の需要は格段に増えてるって聞いたぞ。フル生産してるって」

「供給が追いつかないから、輸入が増えてるとも」

「震災特需というやつか。……あまり喜んでいい話でもないが、戦争と災害には、そういう一面があるからな」

と言い、どんぶりのつゆを飲み干すと、箸を置いて「ごちそうさん」と手を合わせた。

「……うちの兄貴も建設業やってるから、いろんな話を聞くが、必ずしも地元の建設業者が復興需要で恩恵にあずかってるわけじゃない。人手不足から逆に経営危機に陥ってるとこもある。残された者の苦労も並大抵じゃない」

亀石が珍しく表情を曇らせた。忍も箸を置いた。

「所長のお友達も、確か、津波で……」

「ああ、大学時代の友人だ。高橋《たかはし》っていう。柳生《やぎゅう》と三人でよくつるんでたな……」

友人は教員をしていた。小学校で教鞭《きょうべん》をとる傍ら、貝塚掘りを通じて、子供たちに考古学の楽しさを教えていたという。

「発掘に関する知識も腕も、俺よりずっと上だったが、次の世代にふるさとの歴史を伝えるのが、自分の仕事だって言って、地元で教員になった」

「ふるさとの歴史を……」

「集中すると周りが見えなくなるところが、少し無量《むりょう》に似てたな。無量をあの現場にやったのは、高橋の志を引き受けられんのは、あいつみたいなヤツなんじゃないかってそう思ったからだ」

亀石なりに無量の派遣にはひとしおの想いをこめていたのだ。親友が果たせなかった夢に、誰よりも貢献できるのは、無量だという。親友の故郷に埋もれている過去を、失われる運命にある過去を——きっと無量ならば、掘り出せる、という確信をこめて。

「奥さんと小さい子供遺《のこ》して逝くなんて……。あいつも、さぞかし悔いを残してるだろうからなあ」

「所長……」

しんみりした空気になった。亡き親友を想って不意に目頭が熱くなった亀石は、天井を見上げて、しばしば、と瞬《まばた》きをし、取り繕うようにコップの水を飲み干した。

「——しかし浅利という男、発掘調査員から製鉄会社なんて。異業種もいいとこじゃないか。鉱山ならまだしも」

「しかも本社勤務なんて、よほどのコネがあったのか。いずれにせよ、一介の製鉄業者がどうして平泉《ひらいずみ》に来ていたのかが疑問です。しかも外国人をつれて」

「例の合併相手か」

「確か、韓国の鉄鋼メーカーでしたよ。まあ、釜石で製鉄所案内をしたとも考えられますが、どうして大船渡《おおふなと》の病院にいたんでしょう」

釜石と大船渡は隣同士だが、田鶴《たづる》が運ばれたタイミングで同じ病院にいたというのは、やはり偶然とは思えない。

亀石が食器を下げて、待合室から出た。忍も後に続いた。

「平泉で出たかわらけと、陸前高田《りくぜんたかた》で出た右手。さほど遠くもない距離で、出土品が立て続けに盗まれた。……無関係とは思えんな。しかも両方、傷害がらみの犯行だ」

「文化財を狙った窃盗団の仕業……ではありませんね。かわらけも人骨も、美術品としての価値がなさすぎる」

「無量に濡《ぬ》れ衣《ぎぬ》をかぶせるくらいだ。関係者が絡んでるとみて間違いない」

取り急ぎ、と忍は車の鍵《かぎ》を手にして、亀石を振り返った。

「調べたいことがあるので、ちょっとつきあってもらえますか」

＊

忍が向かった先は、平泉町立図書館だ。

調べたいものというのは、そこに所蔵されているという発掘報告書であるという。

「二〇〇九年度鹿島《かしま》神社遺跡の発掘報告書を探しているんですが」

司書に尋ねると、閉架図書の中から閲覧用の報告書を持ってきてくれた。行政資料なので公立図書館や市の文化財課でしか見られない。人のいない閲覧机の隅に陣取り、さっそく中を開いてみた。

「かわらけと一緒に持ち出された漆紙文書が出た遺跡です。浅利氏が手がけた」

「漆紙文書か……。珍しいな。多賀城《たがじょう》からも出たやつだな」

漆のコーティングによって土中でも分解されずに遺されたものだ。木簡や墨書かわらけと並んで、土の中から出てくる貴重な出土文字資料とされている。盗まれた文書には何が書いてあったのか、を知りたかった。

多賀城とは、陸奥《むつ》国の国府だ。宮城県多賀城市にある。いわゆる、行政を司る官衙《かんが》で、軍事拠点である鎮守府《ちんじゅふ》も兼ねていた。都からは「按察使《あぜち》」と「鎮守将軍」が派遣されてくる。

東北にはたくさんの「城柵《じょうさく》」が置かれたが、それらは単に軍事的なものではなく、その地域の行政を司る場所であった。「辺境の民」を支配するための拠点、ともいえる。

当時、天皇を頂点とする律令国家の支配から遠かった東北辺境の民たちは――「蝦夷《えみし》」と呼ばれていた。

「蝦夷」といえば、「朝廷の支配に抵抗する敵対者」というイメージがあるが、一概にそればかりを指すわけでもない。天皇に上京朝貢を行い、蝦夷としての「姓」を賜っていた。つまり、租庸調の取り立てでガチガチの支配を受けた「一般公民」ではなく、緩い支配を受けた「準公民」である。その「準公民」を、律令国家側は「蝦夷」と呼んでいたわけだ。同じ東北の「蝦夷」でも、律令国家との距離感は、地域や豪族によって異なり、十把一絡げにはできない。蝦夷同士の対立も多く、これに第三者として律令国家が絡んでくることもあって状況は複雑だった。

「多賀城跡から出た漆紙文書は、確か、伊治公呰麻呂《これはりのきみあざまろ》の反乱で焼かれた後、再建された時のものだったっけか」

「伊治公……？」

「呰麻呂だ。伊治……今の宮城県北部あたりに勢力をもってた蝦夷の首領」

さすがは亀石。だてに発掘派遣事務所の所長はやっていない。そういう知識がすらすらと出てくるのは、面目躍如だ。

「阿弖流為《あてるい》が活躍しはじめる十年ほど前か。元々は朝廷に従って、同じ蝦夷を屈服させる――『征夷《せいい》』する立場に立って、たくさん手柄を立てた人物だ」

「〝夷をもって夷を征す〟……という、あれですね」

その戦功により、国家に服属した地方在住者としてはトップレベルの「外従五位下《げじゅごいのげ》」という位まで授かっていた。

「従わない蝦夷から見れば、裏切り者とみなされてもおかしくないですね……」

そんな呰麻呂だったが、朝廷側の人間からは「夷俘《いふ》」として蔑《さげす》まれていたようだ。その屈辱的扱いに耐えられなくなった呰麻呂は、ついに――。

「反乱を起こした。関東から移ってきた豪族・道嶋大楯《みちしまのおおたて》と朝廷から派遣された按察使《あぜち》・紀広純《きのひろずみ》を殺し、多賀城を焼いた」

「……わ。詳しいですね。予習しましたか」

「ばか。基礎知識だ。基礎知識」

それは「伊治公呰麻呂の乱」と呼ばれ、当時の帝《みかど》であった光仁《こうにん》天皇に大きなショックを与えた。更に呰麻呂の乱が反抗の口火を切り、やがて次々と蝦夷たちが蜂起して、東北の地は大混乱になったという。

「そして、光仁天皇の後の桓武《かんむ》天皇が、本格的に『征夷』を行ったと」

「〝律令国家〟対〝蝦夷〟の全面戦争だな。まあ、桓武は母親が百済《くだら》系の渡来氏族だったこともあって、いろいろあったから、デカイことをして、自分が即位したことの正当性を証明したかったってのもあるだろうが」

〝王化《おうか》（国王の徳）〟に従わない辺境の民を武力で征して、これを支配する。

征夷には、天皇としての神性を高める狙いもあった。

「その全面戦争に駆り出されたのが、坂上田村麻呂《さかのうえのたむらまろ》」

「朝廷側のエース、切り札ってわけだ」

「そのエースを引きずり出したのが、胆沢《いさわ》の阿弖流為《あてるい》。阿弖流為が官軍に大勝したのが、延暦《えんりやく》八年（七八九年）の戦。官軍が危機感を覚えるほど強かったってことですよね。

……あった。これだ」

ページをめくっていた忍が、手を止めた。

鹿島神社から出土した漆紙文書だ。写真が載っている。

「武具の帳簿のようですね……」

〝大刀　三□　鞆《とも》　一百枚

胡禄《ころく》　三百□　矢　七月廿一日〟

どこかに納めたとおぼしき武具の帳簿だ。こんな感じの端紙が何枚も。漆の蓋《ふた》に用いるのは、使用済みで反故《ほご》にした紙がほとんどだ。漆で保護硬化した紙は、一見、皮のように見える。それを赤外線デジカメや赤外線テレビカメラで解読する。

帳簿類が並ぶ中、目を引いたのは、こんな一文だった。

〝大墓公《たものきみ》併盤具公《いわぐのきみ》　出雲《いずも》国□帰來　□□　弘仁《こうにん》□年〟

「おい、ちょっと待て」

と亀石がページをめくる忍の手を止めさせた。

「ここにある〝大墓《たも》〟と〝盤具《いわぐ》〟というのは、阿弖流為《あてるい》と母礼《もれ》のことじゃないか？」

阿弖流為のフルネームは〝大墓公阿弖流為〟。

その盟友である母礼は〝盤具公母礼〟だ。

「本当ですね。阿弖流為と母礼のことが書いてある」

はず」

「しかも帰ってきたとあるぞ……」

「阿弖流為《あてるい》と母礼《もれ》は、田村麻呂に降伏した後、京に連れて行かれて、河内《かわち》で処刑された
「弘仁年間といえば……阿弖流為が処刑されたのは延暦二十一年（八〇二年）だから、
その十二年かそこら後だ。しかも、なんだ？　出雲からってのは」

どういうことだ、とふたりは互いの顔を見た。

彼らは河内国の「椙山《すぎやま》」なるところで斬られた、と『日本紀略』は伝えている。

「阿弖流為が生きていたのか？」

うそだろ、と亀石が声を高くしたので、忍は「しっ」と唇に人差し指を立てた。ここは図書館だ。

調査報告書によると、この神社とその麓からは集落遺跡と漆《うるし》工房跡が検出されている。蝦夷の集落跡とみられ、火災で焼失した跡地に神社が建てられたようだ。焼失を免れた文書類が漆の蓋紙に使われたのではないか、と浅利は見立てていた。

「〝この漆紙文書も蝦夷側が記録したものと推察される〟……」

「だとすると、かなりレアな記録だぞ。蝦夷側が文字で記録を残したものは、ほとんど残ってないはずだからな」

蝦夷と言っても、この場合は、「夷俘《いふ》」と呼ばれる「朝廷に服属した蝦夷」と思われるが、現在遺《のこ》されている記録はほぼ朝廷側の文書ばかりだから、やはり貴重といえる。

「しかも、この神社には〝大武丸《おおたけまる》なる鬼を埋めた〟という大きな石の上に建てられたとの言い伝えもあるようです。つまり……蝦夷の墓、とも」

「阿弖流為《あてるい》たちは、実は生きて帰ってきてた？　だとすると、とんだ新説じゃないか」

報告書にはさらりとしか触れていない。「〝出雲〟とは〝和泉《いずみ》〟の誤記。もしくは伝聞に誤りがあったため。河内の隣国和泉から、彼らの遺髪や遺品を持ち帰った者があったと推測される」とあるだけだ。本人が生きていた、とはそもそも捉《とら》えていない。

「まるで義経《よしつね》の北行伝説だな……。実は、出雲に逃げてましたってか？」

「全くないことでも、ありませんね」

忍が推理する探偵のように、口元に手をあてた。

「確か、戦で敗れた蝦夷は……捕虜にされて、そのまま全国に飛ばされたと」

「俘囚《ふしゅう》の移配、か」

戦に敗れた蝦夷は、遠く離れた土地に移住させられた。

主に関東周辺が多かったが、中には遠方へと連れて行かれる者たちもあった。

だが、移配先の社会になじめず、そこで反乱を起こす者も多かったという。

「阿弖流為も、斬首《ざんしゅ》されたと思わせて、実は移配させられていたと？」

「坂上田村麻呂は処刑に反対だったと言いますし、全く可能性がない話でもないかと。それに」

と忍は周りを気にして、声をひそめ、

「阿弖流為《あてるい》たちが斬首された場所。そこにも疑問が」

朝廷側に投降した阿弖流為は、都に連れて行かれ、河内国の「宇山《うやま》」もしくは「相山」で処刑された、と記録にはある。今の、大阪府枚方《ひらかた》市にそれと比定される地名がある。

「そこは交野《かたの》に近いんです」

「交野？」

「桓武天皇の遊猟の地とされる土地です」

「つまり、狩りを行う、あれか」

「はい。外戚《がいせき》にあたる百済王氏《くだらのこにきし》の本拠地でもあります。そういう天皇に関わり深い地で、果たして蝦夷《えみし》の斬首など行うだろうか、という疑問を呈する研究者もいると」

天皇の聖地を、血で穢《けが》すなどもってのほかだ、という意見だ。

「百済王氏《くだらのこにきし》は東北の征夷にもゆかり深い一族ですし、公《おおやけ》には斬首を行ったことにして、密《ひそ》かにこれを生かしたとも」

「なるほど。突飛ではあるが、ないことでもない、……わけか」

記録が正しいとすると、十数年後に、移配先から帰還していたことになる。

「田村麻呂は、阿弖流為の地元力で蝦夷を治めることを考えていたようですから、胆沢城の造営が整うころに生還させ、蝦夷の納得を得ようとしたのかもしれません。……発掘センターから持ち出されたのは、もしかして、この漆紙文書でしょうか」

「だとしても、内容は全部解読してここに載ってるわけだ。わざわざ持ち出すことに意味があるか？」

謎は深まるばかりだ。

忍は更に図書館にある蔵書検索システムで「浅利健吾」を検索した。「陸奥《みちのく》考古学」という研究誌に何回か寄稿しているのがわかった。論文をコピーして、車に戻った。

「漆紙文書が出た発掘現場に行ってみましょう」

忍が運転している間、亀石は助手席で浅利の論文に目を通した。

「〝鹿島神社の漆紙文書について〟と〝征夷《せいい》と信仰伝播《でんぱ》〟……か。漆紙のほうは、報告書よりも更に独自の考察を深めてるな。やっぱり、阿弖流為《あてるい》・生存説にも触れてる」

「まあ、そうでしょうね……」

「しかし、積極的な立場はとってないな」

「もうひとつは？」

「鬼伝説についての考察だ。岩手の鬼伝説は、田村麻呂の征夷と結びつけられてるものが多い。中でも蝦夷に関する遺跡――特に墓とされるところには、後に鹿島神社や観音・毘《び》沙門天《しやもんてん》といった神社仏閣が建立されてる。鹿島神社は征夷の守護神、毘沙門天も同様、十一面観音は天照大神《あまてらすおおみかみ》の本地《ほんじ》とされてる。戦死者供養を通して国家側の宗教観を根付かせて、蝦夷を懐柔させた……要約するとこんな感じだな」

忍の脳裏に達谷窟《たつこくのいわや》が浮かんだ。毘沙門天が祀《まつ》られた「蝦夷の砦《とりで》」跡だ。

——毘沙門天は、胆沢のあたりに多く祀られてるな。

と及川《おいかわ》も言っていた。

「胆沢といえば、阿弖流為《あてるい》の本拠地ですね」

「当時は、北上《きたかみ》川の舟運の湊《みなと》があった。交易も盛んだった。まあ、ちょっとした都会だな」

阿弖流為が降伏した後、胆沢蝦夷の本拠地には、胆沢城が置かれ、国家による陸奥支配の新たな拠点となった。

「浅利氏は蝦夷関連の研究をしていたようですが、データ捏造《ねつぞう》したというのは、どれのことだったんでしょうね」

平泉から一関バイパスを南下し、東北本線の跨線橋《こせんきょう》を越えたところで左折し、少し戻る。路駐の車をよけるため、対向車待ちで止まった時、亀石がギョッとして声をあげた。

「おい、みろよ。このバス停。鬼の死骸《しがい》だってよ」

見ると、古ぼけたバス停の停留所名は〝鬼死骸〟とある。なんとも恐ろしげな名だ。

「鬼の死骸。なるほど。墓を彷彿《ほうふつ》とさせますね。鬼を埋めた……神社の」

鬼＝蝦夷。

忍の頭の中には、そういう図式がすでに成り立っている。亀石がカーナビを見て、

「しかも、このへんの字名《あざな》は〝きとう〟っていうらしい」

きとう？　と忍が驚いて声をはねあげた。

「鬼頭ですか。鬼の頭？」

「いや。祈るほうの〝祈禱《きとう》〟だ。鬼の死骸に祈禱か。なかなかオカルトっぽいな」

まもなく車は、浅利が担当した遺跡のある鹿島神社についた。

神社は、東北本線の線路脇にあった。鬱蒼《うっそう》とした山林の斜面に建っていて、赤い鳥居がひときわ目立つ。飾り気のない古色蒼然《そうぜん》とした社殿は、どこか薄暗く、線路を行く貨物列車が通り過ぎると、再び、しん、と静まりかえった。

「発掘では遺構が出たようですね。浅利氏は蝦夷側のものではないかと」

「漆は？」

「集落遺構から、漆のついた布や漆を加熱して精製加工するための甕《かめ》などが出てるそうです。漆工房があったようですね。神社の社殿にも用いられたのではと」

「だとすると、ずいぶん金かけた社殿だったわけだ。……おや？」

社殿の裏のほうから、若い女性が現れた。デニム姿のスレンダーな長身女性だ。市松《いちまつ》人形を思わせる長い黒髪と、まっすぐに切りそろえた前髪……。

忍は「あっ」と小さく声を発した。

「鬼頭《きとう》さんじゃありませんか！」

「……あなたは、相良《さがら》さん？　えっ。なんで？」

またしても鬼頭礼子《れいこ》だ。遺跡発掘センターの職員で、大池の担当調査員。

先程の字名を聞いた後で、噂をすれば影だ。つい昨日、無量と一緒に会ったばかりだったので驚いた。亀石を手短に紹介し、「かわらけと一緒に盗まれた漆紙文書が出土した現場を見に来た」と打ち明けると、鬼頭はどこか鬱陶《うっとう》しそうな顔をした。

「熱心なんですね。まるで探偵さんみたい」

「担当コーディネーターとしては、遺物の盗難理由が知りたいですから。あなたこそ、ここで何をしてるんです」

「祖母の付き添いです」

すると、社殿の扉が開いて、中から白髪の老女が現れた。巫女《みこ》装束に身を包んでいる。怪げんそうにこちらを見て、問いかけた。

「お知り合いかい？　礼子」

「勤め先の知人です。……当家は、この社の宮司も務めてまして」

鬼頭家のことだった。

今は、女所帯になってしまったため、宮司も祖母がつとめているという。矍鑠《かくしゃく》とした祖母・鬼頭静子《しずこ》は、ふたりを無遠慮に眺め回してきた。あまりにもあからさまに、舐《な》めるように見てくるものだから、ふたりは思わず、気をつけの姿勢になってしまった。

「東京から来なすったのかい」

「はい」

「遠路はるばる、ようおいでなさった。礼子、うちでお茶でもいれておあげ」

「よいのですか。おばあさま」

「お客は大切にするものだよ」

というと、慣れた足取りで赤茶けた杉の枯れ枝に埋もれた石段を降りていく。

忍は不審げな表情だ。浅利の発掘現場が、鬼頭家のものだったことに強い引っかかりを感じていた。

礼子は気が進まない様子だったが、祖母には逆らえないのだろう。

「……どうぞ、ついていらして。家に案内します」


鬼頭家は、例の祈禱集落にある。田んぼの真ん中にある大きな家だ。

かつては名主だったとみえる。忍と亀石は立派な建て構えに圧倒された。

玄関の先には今も大きな土間があり、その右手に座敷への上がり口があった。座敷と座敷の間には、古い木製の仕切り戸があり、その奥にはいくつも部屋があるようだ。

居間はかつて囲炉裏《いろり》が切られていたのだろう。その名残のように掘りごたつがあり、その奥の上座敷には、天井部分に大きな神棚が備えられている。

そこでしばらく待たされた。

忍の目にとまったのは、神棚に置かれた札だ。

「あれは……毘沙門天の」

「なんだ？」

「盗まれた遺物が入っていたコンテナに残されてた札です。全く同じだ」

「犯人が残してったやつか」

「ええ。でも、あれは」

そこへ礼子が茶を運んできた。相変わらず愛想笑いもなく、クールな雰囲気はどこか鶴谷暁実を彷彿《ほうふつ》とさせたが、鶴谷よりも体温が低く、クレバーというよりも、感情が乏しくて考えが読めない——そんな感じだ。

「鬼頭さん、あそこにある毘沙門天の札は」

「あれは当家の社にて毎年正月に頒布しているものです。鹿島神と毘沙門天を祀っております」

「不思議な取り合わせですね」

「そうでしょうか。このあたりでは毘沙門天を神社で祀るのは珍しくないかと」

達谷窟も神社の鳥居があった。そういう風習なのか。

——父親が……十年ほど前に変死しているんだ。

——その手に握っていたのが、あれと同じ札だった。

死の際に握っていたのは自分たちの神社の札。その毘沙門天の胸には焼き穴が開いていた。明らかに悪意を感じる。鬼頭家の祀るものに対する、悪意だ。

〝悪路王《あくろおう》、参上〟

毘沙門天……は坂上田村麻呂。それに敵対する者……。何を意味している？

「盗まれた漆紙文書について調べていたそうですね」

礼子がふたりの向かいに正座して、訊《たず》ねてきた。忍も居住まいを正し、

「ええ。町立図書館で調査報告書を見ました。なかなか興味深い内容でした」

「もしかして、二〇〇九年の……ですか」

「はい」

すると、礼子は眉間《みけん》を曇らせた。困ったな、とでもいうように。

「どうかしましたか」

「二〇〇九年に行われた第二次調査の報告書は、回収されたはずですが、し損なったものが図書館に残っていたんですね」

「回収……？　では、あれが」

「及川から聞いたかも知れませんが、データ改ざんが見つかって回収されました」

「改ざんとは、どの部分が」

「漆紙文書の書面です」

礼子は冷めた眼差《まなざ》しで答えた。

「大墓公《たものきみ》と盤具公《いわぐのきみ》の帰還のくだり……。あれは故意に加工された画像です」

「なんだって」

礼子は表情ひとつ変えず、答えた。

「〝大墓〟と〝盤具〟のふたつは、欠損部分にデジタル処理で、別の文書から文字だけ切り貼りしたものです。とても巧《うま》く貼り込んであるので、一見しただけではわからない

でしょうが」

「では、浅利健吾氏の改ざんとは、阿弖流為《あてるい》が生きているという……」

「そのとおりです」

忍と亀石はあぜんとした。なんという大胆なことだろう。阿弖流為生存説は、浅利の手による捏造だった。確かに、と亀石もうなずき、

「……阿弖流為が生きてたなんて文書が見つかった日には、それこそプレスが大々的にとりあげるはずだ。それが全くなかったということは」

「改ざんを見つけたのは、鬼頭さん。あなたでしたね」

「ええ。もっと早くに気づくべきでした。赤外線を使った解読作業は、彼ひとりで行っていたので、誰も本物との違いを見抜けなかったんです」

礼子が気づいたおかげで、大きな騒ぎにはならずに済んだが、その画像を掲載した報告書が誤って出てしまったわけだ。慌てて回収したが、回収漏れがあった。

「文書の改ざんなんて……それは歴史の捏造《ねつぞう》です。なんだって浅利氏はそんな大それたことをしでかしたんでしょう」

「動機はわかりません。大きな発見をして注目を浴びたかったのか、魔が差したとしか。いずれにしても調査員としては失格です」

「それでセンターをやめたんですね」

「はい」

「もしかして、今回盗まれたのは、その元になった文書ではありませんか」

礼子は黙った。しかし表情で「図星」とわかった。怖い顔でずっと忍を睨《にら》んでいる。

「及川さんが言ってました。今回の盗難に浅利氏が関わっているんじゃないかって」

「及川さんが……？」

「その改ざん文書を外部に持ち出すことに何か意味があったんじゃ」

「ばかげた話だわ」

とりつく島もなく、礼子は切り捨てた。

「もう学会からも去った人が今更、そんなものを盗んでどうするというの。改ざんがばれていないのなら、ともかく……。とうに発覚しているのよ。当人も処分されたわ」

「ええ、変だと思います。でも何かある」

礼子は詮索《せんさく》を嫌うように、居間から去ろうとした。が、忍が引き留めた。

「陸前高田で出た『三本指の右手』が、何者かに奪われた、との話は聞きましたか」

礼子は驚いた。

「……それはいつ？」

「一昨日《おととい》の夜だそうです。担当の田鶴調査員が強盗に襲われて大怪我を負いました。運搬中の遺物が盗まれました。今はどこにあるか、見当もつかない。平泉で出土品が盗まれているのと無関係とは思えません。何か心当たりは」

礼子の表情が心なしか、青ざめている。目が泳いでいる。

「……ないわ……心当たりなんて」

「では浅利氏がいま平泉に来ていることは？」

「何も知らない。もういいから帰って！　よそ者に話すことなんて何もないわ！」

というと、礼子は自分から立ちあがり、土間に降りると逃げるように外へと出ていってしまった。あっけにとられていた忍と亀石だったが、あからさまなほど動揺していた礼子の反応に、察するものがあった。

「……。どう思う」

「何か知ってますね。やはり浅利氏がキーマンのようだ」

「もうちょいつっついてみるか」

「どう、でますかね……」

「あら。まだいらしたの？」

ふたりの背後から、声をかけてきた者がいる。

振り返ると、隣の座敷に続く戸が開いて、若い女が立っている。

忍と亀石はギョッとした。そこにいたのは礼子――とそっくりな女だったのだ。

「……お客さんを放って出ていくなんて、姉さんったら、失礼にもほどがあるわ」

白ブラウスに紺のロングスカートという地味な服装だが、透き通るような白い肌と赤い唇が、ひどく目を惹《ひ》いた。

「双子の妹の、涼子《りょうこ》です。ご質問には私からお答えしますわ」

＊

鬼頭涼子は、礼子とは双子姉妹だった。

涼子はショートボブなので、かろうじて見分けがつくが、そうでなければ、判別が難しい。いや、違いはもうひとつ。涼子は右足が不自由で、杖《つえ》をついている。

「東京の人となんて話したことないから、緊張するわ」

硬質な礼子とちがい、どこか蠱惑《こわく》的な空気をまとう。きめの細かい白い肌は、作り物かと思うほど、しみひとつみられない。潤んだ黒い瞳《ひとみ》は夢見がちな少女のようで、礼子の雰囲気とは真逆だ。涼子はふたりを屋敷の奥へと誘った。

そこは仏間だった。大きな漆塗りの仏壇は、中が金色になっていて、中尊寺《ちゅうそんじ》の金色堂《こんじきどう》を思わせる。しかし、中央に立つ本尊は阿弥陀仏《あみだぶつ》ではない。観音菩薩《かんのんぼさつ》だ。

「十一面観音……？」

木彫りの十一面観音だった。金箔《きんぱく》も貼ってはおらず、いかにも古色蒼然《そうぜん》としていて、煌《きら》びやかな仏壇の中に、まるで小さな樹木が佇立《ちょりつ》しているかのようだ。

涼子は仏壇の前に座り、焼香した。

「こちらの観音様は、かつて鹿島神社のそばにあった長谷堂《はせどう》のご本尊です。平安時代の作と伝えられております」

「平安時代？　ちょっとした文化財ですね」

「ええ。貞観《じようがん》四年というから、中尊寺の金色堂よりも二百年ほど古いんですの。尤《もつと》も、珍しくありません。岩手には平安仏がたくさんありますから」

仏間の鴨居には、額入りの古い写真が並んでいる。

「あれが祖父、鬼頭寛晃《ひろあき》……。歴史研究家で、中尊寺の発掘にも参加してたんですよ」

古い写真だ。数人の男性がネコ山を背に並んでいる。日付は昭和三十四年。「平泉遺跡調査会にて」とある。中尊寺での発掘だ。忍はぴんときた。

「確か、最初に大池の発掘をした時のだ。礎石跡が見つかったという」

その時は、それが「鎮護国家大伽藍《だいがらん》」のものとはみなされず、平成の調査でようやく大伽藍跡と推定されるようになった。

「ええ、そう。でも見つかったのは礎石だけじゃなかったんです」

「常滑《とこなめ》の陶器ですか？　かわらけとか」

「人の頭です」

忍と亀石は、息を呑《の》んだ。

「頭？　頭蓋骨《ずがいこつ》ですか！」

「ええ、そう。伽藍の中央には頭蓋骨が埋まっていたのです」

忍は驚愕《きようがく》していたが、やがて鋭い目つきになって問いかけた。

「誰の」

「鬼の」

　ふたりは黙ってしまう。涼子は誇らしげに、祖父の写真を見上げた。

「調査に参加していた祖父は、発掘中にそれを見つけた。そして誰にも内緒で持ち帰ってきたの」

「出土品を勝手に持ち帰ったっていうのか。それは盗んだってことじゃないのか」

「盗んだんじゃないわ。持ち帰ったの。だって、その鬼の頭はもともと当家のものだったんですもの」

「当家のだって？　どういうことですか」

　涼子は目を細めて微笑んだ。東北の女性特有の肌の白さと漆黒の髪のコントラストが際だって、ますます市松人形のようだ。

「当家が代々鹿島神社でお祀《まつ》りしていた鬼の頭です。それを藤原清衡《ふじわらのきよひら》公が中尊寺建立のみぎり、『平泉の守り神に』とお求めになったのです」

「藤原清衡！　馬鹿な……っ。あの清衡が！」

　確かに言い伝えでは、鹿島神社は「大武丸という鬼の亡骸《なきがら》」の上に建っていた、とある。鬼頭家が祀っていた神社は、つまり鬼の墓に建っていたというわけだ。

「墓の上に鹿島神と毘沙門天を祀っていたのは、鬼の怨《うら》みを押さえ込み、土中に鎮めておくための、まじないだったのです」

「鬼の怨み……。それは、戦に敗れた蝦夷《えみし》の怨み、ということか」

「あなた、賢いですね。その通りよ。〝鬼死骸〟というバス停があったでしょう？　昔は村の名前だったの。この近くには、鬼の背骨石、筋石、兜石《かぶといし》……という石が残ってる。鬼の死骸をね、バラバラにして埋めたの。バラバラにしたのは、体が繋《つな》がって復活しないようにというまじないなの」

昔話でも詠ずるように、涼子は言った。

「そして鬼の頭は、鹿島神社に。当家の名の由来です」

「その鬼というのは、誰だ。大武丸というのは」

「悪路王の家来よ」

「悪路王……って、阿弖流為《あてるい》のことか」

「わからないわ。悪路王よ」

あくまでそう伝わっているのだ、と涼子は言った。

「鬼死骸の地名は、大武丸の亡骸を指していました。当家はその供養を申しつけられていたのですが、とある高貴なお方から、かの鬼の頭を預けられ、大武丸の亡骸は社の下に移し、主《あるじ》である首を、山の上にて祀ったのです」

「その首が、悪路王」

はい、と涼子はうなずいた。

「後に達谷窟にて祀られることになり、当家は、その別当を申しつかったのです。その悪路王の首を清衡公は『平泉の守り神に』とお求めに。その首の上に鎮護国家の大伽藍を建てることを決意された。中尊寺をね」

「阿弖流為《あてるい》の首を、守り神にだと……？　しかし、なんで」

「なんで、ですって？　清衡公も中尊寺建立の供養願文の中で言ってるじゃない。自分は〝東夷《とうい》の遠酋《おんしゅう》なり〟って。蝦夷の酋長の系譜に連なる者だって。その蝦夷に平和をもたらしたのは、他ならぬ悪路王だわ」

「確かに、阿弖流為が処刑された後、朝廷の征夷も止まった。だが、そうとは言っても阿弖流為は国家に殺された男だぞ」

「怨霊《おんりよう》を祀って鎮護の神にする、というのは、天皇自身が行っていたことだわ」

御霊《ごりよう》のことだ。涼子は言い伝えだけで物を言っているわけではないらしい。歴史の知識も、しっかり持っているようだった。

「怨念を持つ鬼を供養して、その鬼の絶大なる力をもって、領土を守る……。私たちの先祖は、ずっとそうやって自分たちの暮らしを守ってきたの。藤原清衡公は、仏の力と鬼の力で、平泉を守り、栄えさせてきたのよ」

ますます荒唐無稽《むけい》に思えて、忍と亀石は絶句してしまった。到底信じられなかった。

お見通しというように、涼子は微笑んだ。

「信じてもらえなくてもかまわないけど、家の言い伝えの通りに土の下から出てきたのだもの。中尊寺の土の下から。それが本当だということよ。証明したのよ」

「藤原清衡が、蝦夷の英雄の首を」

「いや。だが確かに清衡は、鎮守府将軍だった藤原秀郷《ひでさと》と、俘囚《ふしゅう》である安倍《あべ》氏、その両方の血をひいてる。いわば、国家と蝦夷のハイブリッドだ」

亀石が記憶をひもといて、小声で言った。

「国家が仏、蝦夷が鬼……その両方の力で、と思い立つことがあったとしてもおかしくはない」

「だからといって、それが阿弖流為《あてるい》の首だなんて」

「なんなら、見てみる？」

え？　と忍たちは声を詰まらせた。

「うちにあるのよ。見てみる？」

庭の花でも見に誘うように、涼子は言った。さしものふたりも、即座に「応」とは言えなかった。

「もしかして、鬼頭さんの家で祀っている鬼の頭というのは、その時の発掘で出た頭蓋骨のことだったんですか？」

「そうよ。でも誰も見てはいけない。悪路王の首を見た者は、死ぬ」

「なに」

「嘘じゃないわ。本当よ。おじいちゃんもお父さんも、首を見たせいで死んでしまった。天罰が下ったのよ。言い伝えの通り、悪路王からの天罰が」

忍の脳裏に「毘沙門天の胸を焼いた札」が浮かんだ。毘沙門天を「討っ」と言っているような、悪意のこもる札。それを握りしめて、変死を遂げた、という鬼頭家の祖父と父。

「見たくなったら、いつでも言って。でも死ぬのを覚悟でね」

「本当にここにあるのか。鬼頭家とは、一体なんなんだ」

「悪路王の末裔《まつえい》」

涼子の妖《あや》しい眼差《まなざ》しに、忍はぞくっと背筋が震えた。達谷窟の暗い内陣に並んでいた毘沙門天像の群れを思い出したのだ。

その時、玄関のほうから人の声が聞こえた。近所の者がやってきたようだ。涼子は杖《つえ》をついて歩き出した。

「お念仏の時間だわ。行かなくちゃ」

「お念仏？　君の家は神社じゃないのか」

「鬼頭家はお念仏の大導師《だいどうし》でもあるの。首が見たくなったら、またいらして。いつでも」

涼子はそう言って、捉《とら》えどころのない微笑みを浮かべると、杖をつきながら、玄関のほうへ歩き出していった。「お念仏」というのは、パート整理員の古畑《こはた》が言っていた「隠し念仏の講」のことか。

——鬼を祀ってる。ご本尊は『鬼の頭』なんだとか……。

「何から何まで怪しい家だな……。まるで秘密結社だ」

「ええ」

忍は涼子が残していった香りに反応していた。樹木系の少し辛みのある奥深い匂いは、龍禅寺《りゅうぜんじ》家の伽羅《きゃら》を彷彿《ほうふつ》とさせたが、それよりももっと何か陰にこもった、業の深さのようなものを感じてならない。古民家特有の太い梁《はり》と低く薄暗い天井が、頭上からのしかかるようで重苦しい。忍はその匂いを脳に焼き付けるようにしながら、鬼頭家の元当主たちの写真を睨《にら》んでいる。

＊

「大池の跡から阿弖流為《あてるい》の首……。本当だとしたら大変な発見ですよね」

駅に戻る車中で、忍が半信半疑で呟《つぶや》いた。亀石もさすがに面食らったようで、

「とはいえ、もう半世紀以上も前の話だからな。頭蓋骨が出たというのは、事実かもしれないが、それが阿弖流為のものだというのは飛躍が過ぎる気もすんな」

「ですよね。しかも密《ひそ》かに持ち出しただなんて……」

昭和三十年代というから、発掘調査のやり方も、今ほど厳密ではなかったのかもしれない。記録にも残っていないのでは、たとえ現物があったとしても、どこから出たものかを証明するのは難しい。

「ただ言い伝えがあったというのは気になる。鬼頭氏は家伝の文言に従って掘った結果、

首を見つけたのかもしれん」

「先祖が、とある高貴なお方から首を預かった、とのことでしたが、誰のことでしょうか」

「さあな。確かに、その首が本当に阿弖流為《あてるい》のものだとして、どこで手に入れたか、が問題だな」

「処刑地で亡骸を手に入れて、ここまで持ち帰った者がいた？」

「となると、漆紙文書にあった〝帰來《きらい》〟も意味を持ってくるぞ」

「首を持ち〝帰來《かえりき》〟た？　阿弖流為と母礼《もれ》の？」

だとすると、あの漆紙文書の文章は、必ずしも「改ざん」したとは言えないのではないのか。

「〝出雲国〟のとこが引っかかるが……」

「ですね。でも」

忍はステアリングを握りながら、目を細めた。

「逆に考えてみませんか。仮にあの文面が、改ざんではなかったとしたら」

「なかったとしたら？」

「改ざんはなく正真正銘の真物《ほんもの》だったとしたら、と仮定してみましょう。別の情景が見えてきませんか」

亀石は顎髭《あごひげ》を撫《な》でながら、顔をくしゃっと歪《ゆが》め、考え込み始めた。

「鬼頭礼子が、本物を改ざんだと指摘したのは、そこに書かれてある事実が、彼女にとって不都合だから……？」

「鬼頭さん、というより、鬼頭家にとってかもしれません」

「五十年前の祖父《じい》さんの遺物盗みか？　阿弖流為《あてるい》の首が、実は平泉に戻ってきていて、それが中尊寺の大池にあったと漆紙文書から推定されてしまうと、祖父の窃盗罪が世間にばれてしまうから？」

祖父の罪を隠すために、改ざん呼ばわりした──。

その可能性は、なくもない。

「そうなると改ざん呼ばわりされた漆紙文書は」

「ええ。ありのままの姿でセンターに保管されていた」

「それを浅利氏が盗み出した？　自分の無実を証明するためにか？」

かもしれませんが、と忍は前の車のウィンカーを眺めて、呟いた。

「それにしては時間が経ちすぎている。もう四年も前の話です。今になってわざわざ盗み出さなくても、改ざんの汚名を着せられた時点で、すぐにでも潔白を証明するはずです」

「それができない理由があった？　鬼頭礼子に弱みを握られて、ゆすられた、とか」

「ゆすられて怨《うら》んでいたなら〝悪路王〟を名乗る札を残したのも、理解できる。しかし、問題は鬼頭さんだ。五十年前の祖父の窃盗罪を隠すために、わざわざ改ざん疑惑をかけるというのは、少し強引すぎる気も――」

だなあ、と亀石は、窓に肘《ひじ》をかけて首をかしげた。

「捏造《ねつぞう》は、考古学業界に身を置く人間にしたら、致命的な罪だ。特に瑛一朗《えいいちろう》氏の騒ぎからこっち、一度やったら確実に学界追放させられる。そういう認識だ。ひとりの研究者人生を台無しにすることを承知でそこまでするか？」

「しかも、鬼頭さんとは恋人同士だったとの噂も……」

「そうなのか」

「ええ」

「鬼だな。そうだとしたら、とんだ鬼女だな」

亀石の一言が、やけに忍の胸に刺さった。――鬼。鬼女……。

冷たく明晰《めいせき》な礼子の面影が、浮かんだ。その陰に、ひっそりと寄り添う涼子も。

涼子は終始、蠱惑《こわく》的な微笑みを浮かべていたが、目は笑っていなかった。

思い出すだけでも、何か背中が冷たくなる。

鬼女と呼ぶなら、彼女のほうがよほどその印象に近い。

「おい、相良。青だぞ」

声をかけられて、忍は我にかえった。信号が変わっていた。慌ててアクセルを踏んだ。

一関の町は、暮れなずんできた。バイパスはそろそろ夕方の帰宅時間と重なって混み始める時間だ。磐井《いわい》川の橋を渡ると、低く垂れ込めた雲に夕日が顔を覗《のぞ》かせている。

「五十年前の遺物窃盗か……。だが、それよりも祖父と父親の変死のほうが気になる」

「首を見た者は、死ぬ、というあれですか」

「あいにく迷信を信じるほど、ロマンチストじゃなくてな」

と言って、亀石は険しい表情になった。

「変死というのは、つまり、殺人だろう。誰に殺されたのか。なんの理由で殺されたのか。そっちのほうが問題じゃないのか？」

忍も同感だった。むしろ、そのことをずっと考えていた。

「もしかして、改ざん疑惑の裏には、遺物隠しよりも殺人事件のほうに何かあるのかもしれません。だとしても、阿弖流為《あてるい》と十年前の殺人に、どんな繋《つな》がりがあるというのか」

「あー……だめだ。頭パンクする」

亀石が額を押さえた。

「今日はここまで。とりあえず一杯だけ、ビール呑《の》ませて。相良センセイ」

北上川に注ぐ流れは、春霞《はるがすみ》に煙っている。

川岸の桜は、もうだいぶ蕾《つぼみ》が大きく膨らんでいる。

だが、北の町に吹く夕暮れの風は、まだ冷たい。

＊

一ノ関駅の改札で、亀石とは別れることになった。亀石は一旦《いったん》、東京に戻る。

忍から新幹線の切符を渡された亀石は、待っている間に買っておいた缶コーヒーを、引き替えに差し出した。

「浅利健吾氏のことは、こっちでも少し調べてみる。動きがあったら教えてくれ」

「はい」

「あんまり無茶すんなよ」

亀石が珍しく真顔になって、言った。

「おまえ、無量が関わることとなると、法的にも人的にもアウトすれすれをしでかすから、気が気でないんだよ」

「そこまでラフな無茶はした覚えありませんよ」

「一番心配なのは、無茶した挙げ句、おまえの身に何か起こることなんだよ」

亀石は溜息《ためいき》をついて、忍の肩に手を置いた。

「おまえの場合、何かに罪滅ぼしでもするように突っ込んでくから、見ててひやひやする。よせよ。自分を鉄砲玉にして滅ぶ罪なんかありゃしないんだから」

忍にはうっすらと刺さる言葉だったが、何もないように苦笑いを返した。

「心に留めておきます」

亀石はもう一言、何か言いたげにしていたが、今はその時ではないと思ったのか。呑み込んで、キャリーバッグと大量のみやげを引き、

「無量の容疑が晴れるまでは全力でサポートしてくれ。万一、警察にまた任意同行されるようなことになったら、ヤバイかもしれないから、永倉《ながくら》を無量のそばに置いていく。俺も何かの時にはすぐに動けるようにしとくから」

「はい。頼みます」

「くれぐれも無茶はするなよ」

最後までそう言い続けて、亀石は改札の向こうに消えていった。

飲んだくれのぐうたら、とみせかけて、いざとなると人に対して鋭い洞察力を発揮する亀石だ。ただの人脈王というだけではない。油断ならないな、と思いながら、忍はスマホのメールをチェックした。

ホームに到着した電車から、降車客が流れ出してくる。その流れに押し流されるように、忍も駅を後にした。

駐車場に戻りながら、どこやらへと携帯電話をかけた。

「……ああ。僕だ。今からそっちに向かうが、時間はとれるかい？　……うん。わかった。着いたらまた連絡する」

車に乗り込んで、カーナビに入力した行き先は「岩手県警察本部」だ。

忍は駐車券を口にくわえて、アクセルをじわりと踏んだ。

第六章　右手の正体

「そんなわけでお迎えにあがりました。無量殿下《むりょうでんか》」

翌朝のことだ。

まだ朝の支度をしている無量のもとに、車で乗り付けてきた者がいる。

「なにしてんの。おまえ」

川北《かわきた》家の玄関に立っていたのは、永倉萌絵《ながくらもえ》だ。

「今日からボディガード兼送迎を務めさせていただきます。永倉です」

昨日までのスーツ姿ではなく、上下とも迷彩服を着ている（長崎で買ったやつだ）。目はいやに生き生きしている。無量は、といえば、まだ部屋着のまんまで歯ブラシをくわえている。寝癖頭をかきながら「はあ」と溜息をついた。

「それボディガードじゃなくて国防だから。てか誰から誰を守んの？」

「警察のひとから西原《さいばら》くんを、に決まってるでしょ」

「捜査妨害する気満々じゃん」

「人聞きの悪い。西原くんに濡《ぬ》れ衣《ぎぬ》かぶせた犯人から、守るためです。いざとなったら逃亡準備も」

「そっちのほうがよっぽど犯罪くさい」

「おや、おはよう。永倉くん。今日はまたイカした格好だね」

川北がパジャマ姿のまま、二階から現れた。はい、と萌絵は敬礼した。

「盗まれた右手を探し出すのが、西原くんへの容疑を晴らす近道ですから」

「って、おまえ。盗品探しまでする気？　いつからそんなに仕事熱心になった」

「私は前から職務に忠実ですけど、それが何か？」

「うそこけ。いっつも現場で居眠りこいてるくせに」

「してませんー」

「つか、全身迷彩恥ずかしいから、上着だけでも変えて。これ貸してやっから」

と玄関の上着かけにかけていたカーキのジャケットを投げてよこした。無量は歯磨きの続きをしながら、奥に戻っていった。

「……ま、まあ、そこまでいうなら仕方ない、かな」

萌絵は頰をかすかに赤らめながら、渋々、自前の迷彩服を脱ぎ、無量のジャケットを羽織った。

発掘現場に降り注ぐ日差しは、日に日に暖かさを増していた。

そこから見下ろす広大な更地となった市街地には、相変わらず、ミニカーのようなトラックが行き交っている。眼下に流れる気仙《けせん》川も、春の陽光に輝いている。

地面の色が剝《む》き出しになった造成地のような市街地の跡。その向こうに横たわる箱根《はこね》山《やま》のなだらかな稜線《りようせん》は、春霞《はるがすみ》に滲《にじ》んでいた。寒い日は広田《ひろた》湾の向こうにくっきりと見える広田崎も、今日はかすんでいる。

結局、祖波《そば》神社の発掘調査は、錦戸《にしきど》調査員が代行して続けることになった。錦戸の指示で無量は担当トレンチに戻り、さらなる土層の掘り下げにとりかかった。すでに先週発見した遺物は取り上げが済み、手早く記録をとって、そもそもの目的だった縄文時代の遺構の調査にとりかかった。

現場には刑事も来ている。田鶴《たづる》が巻き込まれた傷害事件の捜査のためだ。関係者たちに聞き込みをして回っている。作業員たちも、話を聞かれていた。雅人《まさと》も呼び出されたが、当たり障りのない返答をしたのだろう。ほどなく解放されて、何食わぬ顔で、作業に取りかかる。

その雅人と背中合わせに、せっせとエンピで掘り下げながら、無量が問いかけた。

「おまえさあ、金曜の夜、どこにいたの？」

雅人が意表をつかれて、思わず動きを止めた。

「どこって……家にいたけど」

「ふーん。大船渡《おおふなと》のドラッグストアにいなかったっけ」

どきり、とした雅人が無量を振り返った。無量はポーカーフェイスでエンピのへりに

足をかけて地面に押し込み、

「他人の空似かな」

「……いないっすよ。そんなとこ」

「なら別にいいんだけど」

と言って、土をネコ車へと放り投げる。雅人は落ち着かない様子だ。ちらちら、とこちらを窺《うかが》っている。軽く揺さぶっておいて、無量は素知らぬふりで作業を続ける。

雅人は、この山の地権者の孫だった。

――切られた右手を、鬼が取り返しに来たんだべ。

祖波神社には「ある貴い方」の墓があった。義経《よしつね》の墓だとも言われていたが。

地権者だった雅人の祖父は、それを「鬼の墓」だと言った。

そして、そこからは「三本指の右手」が出てきたのだ。全国に伝わる「鬼の手」の類《たぐ》いとよく似た。渡辺綱《わたなべのつな》が斬り落としたと伝えられる「鬼の手」とよく似た。

だが、一番気になるのは……。

無量は斜面の上を振り返った。あの不気味な祠《ほこら》があった平坦地《テラス》。

――石段の上まで掘れ。

田鶴を襲った男たちが残した言葉だ。

本当に、雅人だったのだろうか。似た服を持っていた。祖父の苗字《みょうじ》が「浅利《あさり》」だった。

それだけでは証拠にはならない。服は偶然かもしれないし、浅利という苗字だって、このあたりではよくある名かもしれない。地方では、姓の同じ家がたくさんあるというのは何も珍しいことではない。

だが……。

「西原くん、今日はミリタリー風？　似合うね」

休憩時間になり、篠崎容子《しのざきようこ》が声をかけてきた。萌絵と上着を交換してしまったためだ。そのミリタリーウェアは元々、男ものだったので、小柄な無量は（多少、肩がきついが）着られてしまった。暑くなってきたので、今は脱いで腰に巻いている。

容子が周りを窺い、小声になって言った。

「……さっきの刑事さんに西原くんのこと訊《き》かれたよ。田鶴さんと口論してた時の様子とか。なんか疑われてるみたい」

「そっすね……。まったく」

「西原くん、やってないよね？　大丈夫だべね？」

「大丈夫ってなんすか。やってないすよ。ちょっ……俺のこと疑ってるんすか」

容子は首を横に振ったが、他の作業員たちの無量を見る目がなんだか冷たくなっているのは、そのせいらしい。ますます居づらくなってきた。

「田鶴さんへの嫌がらせで『鬼の手』盗んで捨でだんでねが？　って刑事さん思ってるみたい」

「なんすか、それ。ひどい見立て。苦労して掘り当てた遺物を、そんな馬鹿みたいな理由で捨てるわけないでしょ」

「安心した。そうだよね。それより土偶は出た？　遮光器《しゃこうき》土偶」

容子はハナから傷害事件よりも土偶に関心があるようだ。そんな容子に救われる。

「土偶は出てないスけど……墓坑らしきものは出てます。掘ってよかった」

「わ。さすが。西原くんの言ってるのが大当たりだったんだね」

無量は雅人がその場にいないのを見計らって、容子に問いかけた。

「あの、雅人のことなんすけど」

「雅人くん？　なに？」

「両親、離婚したそうですけど、父親の名前ってわかります？」

「旦那《だんな》さんの名前？　……うーん。雅人くんなら離婚前は〝浅利〟って苗字だったっぺねえ。んだども、お父さんの下の名前までは……。あ、そうそう。平泉《ひらいずみ》で遺跡発掘してたって言ってたっけ」

「平泉で発掘？　それいつの話ですか！」

「雅人くんがまだちっちゃい頃だったから、十年くらい前だべか。あ、そうか。それで雅人くんも……」

間違いない。浅利健吾《けんご》だ。健吾は、雅人の実の父親だったのだ。

無量は驚きつつも、腑《ふ》に落ちた気がした。浅利健吾の写真を見た時、誰かに似ていると思ったのは、雅人だったのだ。目元と、瞳《ひとみ》の色が薄茶色なところが父親譲りだった。

浅利健吾は陸前高田《りくぜんたかた》の出身。家は、この祖波神社がある祖波山の地権者。

つまり、あの右手は自分の家の山から出た遺物だったわけだ。

しかし、犯行に関わっていたのが本当なら、なぜ、それを奪わなければならなかったのか。調査されては困るような遺物だったのだろうか。

そこへ駐車場からあがってきた作業服姿の中年女性が声をかけてきた。錦戸調査員だ。田鶴の抜けた現場で代行をしている。大きな体を揺すりながら、

「西原くん、聞いて。さっき整理員さんから、先週末に出たかわらけの洗浄が終わったってメールが。それが、びっくり。なんと墨書《ぼくしょ》つきのかわらけでした」

「墨書つき？　あの穿孔《せんこう》かわらけに墨書が入ってたんですか」

無量が作業に携わったのは発見したところまでで、取り上げ作業には加わっていない。担当を外されてしまったからだ。しかも、かわらけは数枚重なって出土していたから、下のほうのものに墨書があったことには気づいていなかった。

「そうよ。これがとっても面白いの。見てみる？」

ふくよかな体をくっつけるようにして、錦戸がスマホを無量たちに見せた。思わず身を乗り出し「これは」と食い入るように見てしまった。

そのかわらけには「鬼の顔」のような落書きがあったのだ。

「すいません、それちょっと撮らせてもらってもいいすか！」

「いいけど、ツイッターとかにはまだあげちゃだめよ」

「ちょっと確認したいことが」

無量は携帯電話に画像を収めて、すぐにメールで忍《しのぶ》に送った。すると、ほどなくして忍から折り返し電話がかかってきた。

『おはよう、無量。いまの画像は？』

「うちの現場でこないだ出たかわらけ。墨書つきだった。その落書き、どっかで見たことない？」

『ああ。古畑《こはた》さんちで見たやつだ。中尊寺《ちゅうそんじ》の大池から出てきたかわらけとそっくりだ。発掘センターから盗まれたかわらけと』

人の顔に見えるが、頭に角がある。一見、ユーモラスな筆致だが、よく見れば、眼光は鋭く、眉間《みけん》のしわなどはやけに生々しい。やはり鬼の顔によく似ている。

忍は平泉の発掘センターにいるという。少し待っていてくれ、と言うと、隣の作業室にいる古畑に確認を取りに行った。また後でかけるというので、無量は一旦《いったん》、電話を切って錦戸に向かった。

「そのかわらけ、他のにも何か書かれてませんでしたか」

「顔の落書きがあったのは一番下に埋められてたって。その上の四枚には経文らしきものが」

「法華経《ほけきょう》ですか」

「なんでわかるの？」

「一緒に埋まってた蕨手刀《わらびてとう》のほうは」

「まだ実測中。それが済んだら科学成分分析にかけることになるけど、まだ当分はかかりそうね」

するといくらもしないうちに忍から電話がかかってきた。無量は忍に言われた通り、人に聞かれるのを避けるように調査区の端まで行き、電話をとった。

『やっぱり間違いない。中尊寺の大池《だいが》から出たかわらけの墨書と酷似してる』

「中尊寺の大池……。鎮護国家大伽藍《らん》の。けど、そんなすごいとこから出たものと同じのが、なんでこんな気仙の山に」

『無量、落ち着いて聞いてくれ。実は昨日――』

忍は神妙な口調で、鬼頭《きとう》家で見聞したものを全て語って聞かせた。

無量は絶句し、しばらく意味を理解するまで時間を要した。

「……ちょっと待って。なら、その中尊寺に昔あった大伽藍の、大堂の真下に、阿弓流《あてる》為《い》の首が埋められてたっていうのか」

『鬼頭さんの妹の話を読み解くと、そういうことのようだ』

「阿弖流為の、首って」

無量にも、それがどれほど大それたことかは、理解できる。阿弖流為という人物は、延暦《えんりやく》年間、桓武《かんむ》天皇の征夷《せいい》に対抗し、大将軍・坂上田村麻呂《さかのうえのたむらまろ》と最後まで戦った、蝦夷《えみし》の英雄であることも。

「ちょっと待って。中尊寺には阿弖流為《あてるい》の首、こっちには『鬼の右手』。どっちからも同じような鬼の顔の絵と経文が書かれた地鎮用かわらけが出てる。それってまさか」

　無量は、ごくり、とつばを飲み込んだ。

「あの『鬼の右手』は……阿弖流為の、右手だって言うんじゃ……」

『その可能性は……あるな』

　忍も電話の向こうで声を低くした。

『かわらけの鬼の顔は、その目印だったのかもしれない。中尊寺のかわらけが盗まれたのは、その証拠品だったから。祖波神社の右手が盗まれたのは』

「阿弖流為の右手……だったから？」

　同一人物のものだったなら、平泉と陸前高田の遺物盗難は、繋《つな》がる。現物があれば、DNA鑑定でそれは証明できるかもしれない。一般的に劣化した骨からの鑑定は難しいとされるが、近年はだいぶ技術が向上している。状態がよければ、可能だ。

　しかも、それがかの英雄・阿弖流為のものだとするなら、大発見どころの騒ぎではない。

「でも、なんでわざわざ盗まなきゃならない？　まるで阿弖流為のものだとバレたら、まずいみたいじゃん」

『動機から考えられる犯人は、ふたり』

　一人目は、鬼頭礼子《れいこ》。そもそも五十年前、大池に埋めてあった首を掘り出して持ち帰ったのは、祖父——鬼頭寛晃《ひろあき》だ。そして妹の涼子《りょうこ》は「首は当家にある」とも言った。

『鬼と呼ばれた蝦夷の英雄の遺体は、どうもバラバラに埋葬される習わしがあるようだ。阿弖流為《あてるい》も同様だったのかもしれない。鬼頭家が、各地にちらばった悪路王《あくろおう》こと阿弖流為の亡骸《なきがら》を集めているとしたら？』

「なんのために？」

『さあね。何かを隠蔽《いんぺい》するためか。都合の悪いことをなかったことにするためか』

「仮にも出土品だぞ。発掘屋の風上にも置けない連中だな。二人目は？」

『浅利氏だ』

無量は数瞬、黙った。

「なんのために？」

『自分の潔白を証明するためかもしれない。もしくは鬼頭さんにそう差し向けられたのかもしれない。けど、漆紙文書の内容が本物だと証明したいだけなら合法的なやり方はいくらでもある。そもそも右手まで盗む理由もない。……とすると、鬼頭さんと共謀の線を疑ったほうがいいかもしれないが』

頭脳明晰《めいせき》な忍は、数式でも解くようにそこまでスラスラと読み解いた。だが、無量はそのどちらにも同調できずにいる。

『どうした、無量？　何か引っかかるのかい？』

「浅利健吾は、雅人の実の父親だった」

『雅人？　例の地権者の孫か』

「ああ。浅利氏の父親が地権者だった土地に右手が埋まってたのは、偶然じゃない気がする。鬼頭家と浅利家の間には、何かあったんじゃないのかな」

『何か、とは？』

うまく言えないけど……、と無量は言葉を濁した。もやもやしてしまう無量の胸中を、快刀乱麻を断つとばかりに、忍がずばりと読み解いた。

『鬼頭家の殺人事件に、浅利家が関わっていると……？』

無量は言葉に詰まってしまう。そして、重い表情になって黙り込む。それきり返事もしない無量に「どうした？」と忍が訊《たず》ねてくる。無量は意を決して言った。

「やめよう、忍。なんかヤな感じがする。またかめんどくさいことになりそうだ」

『いや、黙ってはいられないよ。おまえの潔白を証明しないと』

「いいよ、そんなの。警察がやることだろ」

『俺はそもそも警察を信用してない。任せてられないからやってるんだ』

忍は、警察の捜査が、家族を殺した犯人をまるで突き止められなかったことを、今も根に持っている。無量にもそれは理解できる。だが——。

「忍ちゃん、すぐ無茶すんじゃん！」

無量は子供の頃のような口調に戻って、訴えた。

「ヤなんだよ。忍ちゃんがまた危ない目に遭うの。長崎んときみたいにさ、死んだんじゃないかって死ぬほど心配すんの、二度とごめんなんだよ。それに！」

それに？　と促されて、はっと口をつぐんだ。忍が自分に隠している何か。無量には触れられずにいる何か。それを追及すれば、今の自分たちの穏やかな関係が足下から崩れそうで、覗《のぞ》き込むことのできない、自分の知らない忍。目の前に横たわる暗闇に足を踏み入れていくほど、そんな忍の一面を、そうとは知らずに垣間《かいま》見てしまいそうで、無量は怖いのだ。

『無量、おまえはもう巻き込まれてるんだ。このままにはできない』

「いいからほっとけって。おまえもフッーに仕事……！」

だしぬけに後ろから背中を突き飛ばされた。

あっと思った時には前のめりにつんのめって、足が空中へと踏み込んだ。そこは山を崩した急斜面になっている。体を支えきれずにそのまま転げ落ちてしまう。

携帯電話も手から離れ、体が何度も転がって、咄嗟《とっさ》に伸ばした手で切り株の根を摑《つか》まなければ、そのまま何十メートルも転落してしまうところだ。ぞっとしながら、朦朧《もうろう》と上を見た。人影はない。

「……ふざっ…けんな。いてっ」

足をくじいたようだ。携帯電話は少し離れたところに落ちている。『無量、どうした無量』と忍が叫んでいるのがかすかに聞こえた。無量は這《は》いつくばうように電話を拾い、斜面に仰向《あおむ》けになって、ごろりと倒れた。

「……あ、忍？　前言撤回。やっぱ、まじムカつくから、ちょっとシメてくるわ」

＊

その頃、萌絵は、車で陸前高田市の山間《やまあい》にある小学校に向かっていた。

昨日訪れた瑠璃光寺《るりこうじ》で「長谷堂《はせどう》由来書」を受け取り、文化財レスキューの活動拠点へと届けるところだ。

「せっかくバトルスタイルでキメてきたのに……」

無量と交換したカーキのフードジャケットは、萌絵には少し大きめだが、袖《そで》をまくれば着れてしまった。そこはかとなく無量の香りとぬくもりが残っているようで、包み込まれているようで、どきどきする。

「ま……まあ、これも役得ということで」

今は廃校となった小学校で、レスキュー作業は行われている。

津波で海水や泥につかった文化財を、回収・保管し、脱塩等の安定化処理をしてそれ以上状態が悪くならないよう保ちながら、元の姿にできるだけ戻す、というものだ。そこは被災文化財の収蔵場所も兼ねていた。

高田街道という古くから気仙地方の物流を支えた道が、今の国道三四〇号線だ。辺りにはのどかな山村の風景が広がる。被災して更地になった市街地跡とは違い、そこは昔ながらの風景だ。気仙郡は江戸時代、大藩である仙台藩《せんだいはん》の藩領だったこともあり、物流の往き来が盛んだった。

郡《こおり》奉行や代官のもとで郡政を仕切っていたのが「大肝入《おおきもいり》」と呼ばれる者で、高田で、宝永《ほうえい》年間以降、歴代大肝入を務めたのが吉田《よしだ》家だ。屋敷の遺構や、吉田家文書と呼ばれるものが、いまによく残っていたが、津波で被災していた。文書は津波に襲われた市立図書館の瓦礫《がれき》の中から助け出され、安定化処理と修復作業が行われている。

「だから大丈夫。きっと元通りにできる。待ってて」

萌絵はどっさりと預かってきた被災古文書に語りかけた。これが失われてしまったら、そこに記されている過去も失われてしまう。そう思うと、萌絵は自分も過去をレスキューしている気持ちになり、不思議な使命感を覚えた。

国道からそれて、集落内の道を走り始めた時だった。

前方の側道に、車が停まっている。よく見ると、田んぼ側に傾いている。どうやら側溝にタイヤがはまってしまったらしい。しかもパンクしてしまっている。

運転者と同乗者らしき者たちが外に出て、困った様子で立ち尽くしていた。

萌絵は車を停めて、声をかけた。

「どうしました？」

「あ……。すみません。車が溝にはまってしまって」

う、となったのは、その運転者がなかなかの男前だったからだ。

年齢は三十代後半か。前髪が長く、短い顎ひげと口ひげが印象的だ。ネクタイを締めた黒いスーツ姿だったが、上着は脱いで、腕をまくりあげている。ほどよくついた筋肉の「筋」感が妙に色っぽい。

「飛び出してきたネコをよけようとしてハンドルを切ったら、溝に」

言葉に外国人特有の訛《なま》りがある。日本人かと思ったが、訛りの感じからすると、韓国人のようだ。足もすらりと長く、細身に見える割に、胸板がしっかりしている。

「大丈夫ですか？　JAF呼びます？」

「スミマセン。よりによって、ふたりともスマホの電池が切れてしまって。会社の者と連絡しますので、電話を貸してもらえますか」

萌絵は快くスマホを貸した。どこやらと連絡を取っているが、やはり韓国語だった。話が済んで、返してくれる時の笑顔がやたらと眩《まぶ》しかった。

「助かりました。あまり車も通らないので」

「いえ。これからどちらに？」

こんなひなびた山間の集落に、何をしにきたのだろう、とふと不思議に思ったのだ。

「はい。これから生出《おいで》小学校に」

「え！　私もこれから行くところです。文化財レスキューのですか」

「はい。修復をお願いしたいものがありまして、その相談で」

なんと、韓国人男性たちも萌絵と同じ用件で小学校を訪れるところらしい。

「もしよかったら、乗せていってあげましょうか。あ、でもレッカー待ち……」

「いえ。こちらの者に任せるので車は大丈夫です。よければ、一緒にいいですか？」

ひょんな成り行きで、萌絵は男性を同乗させることになった。

韓国人男性は溝に落ちた車を同乗者に頼むと、トランクから、キャリーバッグを運び出し、萌絵の車に載せ替えた。ふたりは出発することになった。

「すみません。私、ペク・ユジンといいます」

「な、永倉萌絵です。韓国の方ですよね」

「はい」

「日本語お上手ですね」

「大学で習いました。東アジア史を勉強してました」

「そうなんですね」

萌絵は内心どきどきものだ。……これはまずい。相手が韓国人だからではない。ぱっと見、ごくごく普通の容姿で、特別美形とも思えないが、鼻筋が通っているせいか、斜め横から見た角度が、どきっとするほど端整なのだ。どこから見てもイケメンというタイプよりも、たちが悪い。

「修復したいというのは、どういう」

「被災した友人の家で見つかった古文書です。そのまま捨ててしまうつもりでいたので、みかねて相談を。吉田家文書をレスキューした話を知り、これなら、と思い」

博物館や図書館で被災したものは、レスキュー対象になりやすいのだが、一般家庭に保管されていた古文書などは、そのまま廃棄されてしまった例が多かったようだ。

なんでもかんでも、というわけにもいかないだろうが、歴史的に価値があると思われるものは、まだまだ旧家などの一般家庭に眠っている。ペクは友人の代わりに相談に来たという。

「まずは診てもらわないと……と」

白い歯を見せて笑う。萌絵は胸の高鳴りが止まらない。

やがて車は、集落の外れの高台にある小学校についた。二階建ての鉄筋校舎だ。校庭は駐車場になっていて、水洗い場には漁労具と思われる木製の大きな板や箱が立てかけられている。二年前に廃校になったという小学校は、今は被災文化財の保管と、安定化処理の作業場となっている。

文化財レスキューの取り組みで、一次レスキューが回収、二次レスキューは保存となる。

被災した物にとって、厄介な敵は、海水に含まれる塩だ。砂を取り除いても、塩はなかなか取り除けない。その塩分を抜くために、真水につける必要がある（脱塩）。それだけではない。津波には、車の油やヘドロなどが混ざっている。何が付着しているかわからないため、まずは除菌をしなければならない。

大規模な津波災害に遭った文化財の、安定化からの修復は、世界でもいまだかつて類をみない。それらのノウハウはこの取り組みの中で一から蓄積され、いまや技術的には世界トップレベルといってもいい。

萌絵は勝手知ったる様子で、職員に挨拶《あいさつ》しながら、一番奥の教室に向かった。

「永倉くん、悪かったね。取りに行かせちゃって」

待ち受けていたのは、熊田《くまだ》学芸員だ。四十代半ばの男性で、厚みのある体つきと太い眉《まゆ》が印象的だ。かつては博物館で主任学芸員をしていて、今はこの作業場兼保管場の責任者でもある。気さくな人物で、初対面の時から、にこにことしていた。

「いえいえ。ぜんぜん。通り道でしたし」

「おっ。今日のファッションは迷彩入りかい。自衛隊の皆さんを思い出すねえ。回収作業ではすごく世話になったんだ。元気かなあ、第九師団の前川《まえかわ》隊長」

「はは……」

「そちらのかたは？」

「ペクです。先日、被災文書の件でお電話しました」

話はすぐに通じたらしい。ああ、と熊田は大きな手振りで歓迎する仕草をみせた。

「待ってた、待ってた。じゃあ、さっそく見せてもらおうか」

ふたりが同時に持ち込んできた古文書を、順番に見る。

「だいぶ時間が経ってるんですけど、大丈夫でしょうか……」

「うーん。だいぶカビが出ちゃってるけど、まあ、なんとかやってみましょう」

「ありがとうございます！　お願いします！」

長谷堂の由来書からは、あの祖波神社の創建由来についても何かわかるかもしれない。過去に解読したものが市の図書館にはあったようだが、そちらは津波で失われてしまって、今はこの原本しかなかった。

「こちらは、帳簿かな？」

ペクが持参した古文書を、熊田はゴム手袋を付けた手で慎重に扱った。

「閉伊《へい》で商家をしてた家の書留日記です。ブレスケンス号事件のことにも触れているようなんですが」

ブレスケンス号？　と萌絵が問うと、熊田が答えた。

「江戸時代に漂着したオランダの商船だ。金銀島《きんぎんとう》の探索でやってきた」

どうやら日本人である萌絵よりも詳しい。ペクは熱心に友人家の古文書の価値を語り、安定化処理を頼み込んだ。

「もちろん、こちらはやぶさかでないが、いま順番に作業しているから、時間はかかるかもしれないよ」

「できれば、今月中にお願いできませんか」

ペクが前のめりになって頼み込んだ。これには熊田も困り、

「おいおい。それは難しいな。全国のいろんな施設で手伝ってもらっているとはいえ、膨大な量がある。これだけを優先というわけには」

「そこを何とかお願いします。このとおりです」

「何か急がなきゃならない理由でも？」

「実は……韓国で来月研究発表がありまして。この史料が必要になるかもしれないんです。無理を承知でお願いしたいのです」

それを言えば、萌絵の持ち込んだ「長谷堂由来書」の作業もすぐにでも着手してもらいたいのだが、安定化処理を待つ史料が保管用の冷凍庫にたくさん積まれているのを見てきてしまった手前、そこまで無理には言えなかった。しかしペクは食い下がり、

「お願いします。このとおりです」

相手が外国人だというのも響いたのだろう。日本の歴史史料に海外から関心を持ち、かつ熱心なペクの心意気に負けて、熊田は応じた。

「わかった。なるだけ早くできるようにお願いしてみるよ」

校庭からは、穏やかな山村の風景が望める。

芽吹きの春を迎えた山々には、色彩が戻ってきつつある。東北は梅と桜が一緒に咲くというが、一足早く咲いた沈丁花《じんちょうげ》の香りがほんのりと漂っていた。熊田が預かりの手続きを進めている間、萌絵とペクは校庭のベンチで鳥の声に耳を傾けていた。

鉄棒に立てかけられて干されている舟の櫂《かい》とおぼしき木製具を眺めながら、ペクは語った。

「韓国でも日本の津波のニュースはたくさん流れていたけれど、実際にその地を訪れてみなければわからないことは、たくさんありますね……」

「熊田さんたちは、被災地でどこよりも早く文化財のレスキュー活動を始められた方々なんだそうです」

陸前高田では、図書館・博物館・海と貝のミュージアム、そして埋蔵文化財収納庫が津波で被災した。めちゃめちゃになった施設の中から、瓦礫《がれき》を撤去するのと同時に、泥と海水をかぶったたくさんの文化財を運び出し、この小学校へと搬送した。はじめのうちは、小さなトラック一台で渋滞する道を何時間もかけて往復したという。市街からはだいぶ離れているのだが、被災直後で保管場所になりそうな公共施設は、遺体安置所や支援物資の置き場などになっており、ここしかなかったそうなのだ。

「まだ行方不明の方がたくさんいた頃だったので、『そんなことは後回しにして行方不明の人を捜せ』と言われることもあったそうです。そういう中で、地域の文化財を助け出していくことの意義と、ずっと向き合ってこられたんだなって……熊田さんのお話を聞いて、思いました」

「そうでしたか……」

「体験されてきたことは九死に一生といえるくらい過酷だったのに、その後の大変な日々のことも、なぜか明るく話されるんですよね……。人柄だと思うんですけど。大変な時こそユーモアを忘れず乗りきってきたって……。私たちにできるのは、聞いたお話から、想像力をたくさん働かせることなんでしょうけど、熊田さんたちが大変な状況の中で向き合い続けてきた大事な問いに、私は向き合えるのかな、向き合えているのかなって……」

萌絵が胸の内を語ると、ペクはしばらく黙っていたが、鳥の声が途切れるのを待っていたかのように、ふと口を開いた。

「過去とは、人の根、土地の根、国の根……」

「根……？」

「根っこですから」

ペクはそう言って、山の稜線《りょうせん》を遠い目をして眺めた。

「根っこを失った者は、自分が自分であることすらも、わからなくなっていってしまう。のっぺらぼうな白紙の物語に、誇りや愛着をもてるでしょうか」

どこか切なそうな目をしていると、萌絵は思った。

「大切なことだと思います。標本などの劣化は時間の問題だったでしょうし、災害の後で、そういうものもないがしろにしなかった方々の理解と尽力、頭が下がります」

外国人であるペクにそう言われると、なんだか心強かった。

「実は、私も自分のルーツを求めて日本にやってきたんです」

「えっ。そうなんですか」

「私は生まれも育ちもソウルですが、先祖は日本にいたそうです。それで興味を持って」

「歴史も勉強されたんですね」

「はい」

韓国語なまりだが、流ちょうな日本語で、ペクは言った。

「私は、東アジアの歴史というのは、ひとつの国だけを見ても紐《ひも》とけないと思ってます。大陸から地図をひっくりかえしてみると、東海《トンヘ》（日本海）は大きな池に見えてきます。その池の周りにある地域を、ひとつ、と見て語らなければ、本当の歴史は見えてこないと思うのです。韓国だけ、日本だけ、中国だけ、それだから偏るのです。海は隔てるものではなく、つなげるものだと思わなければ」

そう語って、また遠い目をする。

「この東北も、東アジアの一部ですから……」

萌絵は、ペクの手首に光るブレスレットに気がついた。一見して緻密《ちみつ》で美しい龍《りゅう》が彫られた銀細工のブレスレットだ。龍の口には、翡翠《ひすい》だろうか。玉をくわえている。

萌絵の視線に気づいたペクが、さりげなく袖《そで》でそれを隠した。

そこに熊田がやってきた。

「県立博物館と話がついたよ。書面に署名《サイン》してもらいたいから、ちょっと来てくれるかな」

はい、と答えて、ふたりは下駄箱《げたばこ》の並ぶ玄関へと戻った。

ペクが乗ってきたレンタカーは、レッカー車で修理工場に持って行かれたようだ。代わりの車を同行者が用意して、一足先に釜石《かまいし》で待つという。萌絵は結局、彼を送っていくことになった。

「へえ、発掘の派遣ですか。すごいですね」

ペクは興味津々だ。学生時代には韓国の古墳を発掘した経験もあるという。

「それが……うちのエース発掘員《ディガー》が来てるんですけど、ほんとに生意気なやつで。年上を呼び捨てするわ、おまえ呼ばわりするわ。腕はいいんですけど」

「発掘屋はそれくらい我が強い方がいいとも言いますよ」

「我が強いんじゃなくて、わがままなんです。西原くんは」

ふと、助手席にいるペクの空気が変わったと感じた。信号で止まり、萌絵は彼を見た。その表情が硬く強《こわ》ばっている。

「いま……西原といいましたか」

「はい。それが何か」

「まさか西原瑛一朗《えいいちろう》の孫のことですか」

どきり、とした。瑛一朗の捏造《ねつぞう》事件は日本のみならず海外にも衝撃を与えている。その孫ということで、心証を悪くしたのか、と萌絵は思ったのだ。

「あ、……いえ、でも西原くんは」

「藤枝幸允《ふじえだゆきのぶ》の息子のことですか」

　萌絵は意表をつかれた。そこで無量の父親の名が出てくるとは思わなかったからだ。ペクの表情が硬い。不穏にすら思えて、萌絵は急に不安になってきた。

「あの……お知り合い、ですか」

「藤枝氏には昔、少しばかり、腹に据えかねることを言われたもので……」

　ペクは口にするのも嫌だったのか。打ち明けようとはしなかった。無量の実父・藤枝の、性格と口の悪さは、萌絵も十分把握しているので、さもあらん、とも思ったが。どういうつながりなのだろうか。


　車はやがて、連れと待ち合わせをしているという釜石の駅についた。

「何から何までありがとうございました。まだしばらくは日本にいると思いますので」

「これからどちらへ？」

「胆沢《いさわ》のほうに行く予定です。私の先祖が戦をしたというので」

「戦を？」

　萌絵は目を丸くした。ペクは人の好《よ》さそうな笑顔を見せると、内ポケットから名刺を取りだして萌絵に渡した。

「東京に行くことがあったら、お礼をさせてください。噂の面白い所長さんとも是非会ってみたいので、その時は一緒に食事でもしましょう」

萌絵も慌てて自分の名刺を渡した。ペクは、にこりとうなずいた。

「……お礼の代わりに、私の秘密をひとつ、教えます」

「秘密？　ペクさんの？」

「私は、実は王の子孫なんです」

「え！」

「今はもう、失われた国の……」

萌絵がぽかんとしていると、ペクは悪戯《いたずら》をした少年のように笑った。あっと萌絵は我に返り、

「からかいましたね！」

「ははは。いろいろありがとう。トマンナッシダ（また会いましょう）」

そういうと、ペクは上着を肩に担ぐようにして、軽やかに車から離れた。すらりと背の高いペクは、立っているだけでもどことなく目を惹《ひ》く。バックミラー越しに、いつまでも手を振っているのが見えた。

萌絵はいい気分だ。

「いやあ……さすが大陸の男。スタイルいいし、振る舞いも素敵だし」

うちの男どもとは大違いだ、と思いながら、萌絵はひとりにやけた。

そんな萌絵の車が走り去るのを見送って、ペクはしばらくその場に佇《たたず》んでいたが、そこに声をかけてきた者がいる。故障した車に同乗していた男だった。ゆっくりと振り

返ったペクは、冷たい目つきになり、韓国語でこう言った。

「君の言った通り。……宝物発掘師《トレジャー・ディガー》はやはり本人だったよ。面白くなってきた。藤枝の分も、うんと搾り取ってやらなくてはね。君の家族を壊した、その報復のためにも」

＊

「怪我をした？　西原くんがですか！」

萌絵が発掘現場に迎えに来た時には、すでに無量の姿はなかった。

祖波山の現場は、もうトレンチにブルーシートがかぶせてあり、作業員はおおかた帰った後で、残っていたのは最後まで測量をしていた錦戸と容子だけだった。

「ええ、うっかり崖《がけ》から足滑らせちゃったみたいで」

「崖って……あの斜面で、ですか」

「怪我は大したことなかったんだけど、足を捻《ひね》っちゃったみたいで。念のため、病院につれていって。その足で今日のところは帰らせましたよ」

萌絵は顔面に手を当てて天を仰いだ。なんということだ。自分のいないところで怪我をするなんて。

「まさか誰かに突き飛ばされたとかそういうのじゃないですよね」

「本人は自分で滑っただけだって。電話してて、そっちに気を取られたって」

変だ、と萌絵は思った。無量は現場では人一倍、足場に気をつけている。発掘現場はトレンチの深さが、場所によってはだいぶ深いこともあり、転落事故が起きやすい。そのため、暗いところでの作業は厳禁だし、むやみによそみをして、うろうろ歩いたりはしないものだ。

そういう意味では誰より安全第一の無量が、崖で足を滑らせるなんてあるだろうか。

携帯電話にかけてみたが、留守電になったまま、いっこうに出る気配がない。

萌絵は表情を曇らせた。

車の鍵《かぎ》を握ると、意を決したように、きびすを返した。

＊

辺りはもうだいぶ暗くなっていた。

小学校の校庭に並ぶ仮設住宅にも、明かりが灯《とも》り始めている。夕食の支度だろうか。魚を焼く香ばしい匂いが、表には漂っている。

夜七時を過ぎた頃だった。浅利家を訪れた者がいる。

雅人が玄関先に出て行くと、思いもかけない人物がそこに立っていた。

「西原……さん」

「雅人。ちょっといいか」

無量は雅人を呼び出すと、仮設住宅の裏で向き合った。

少しだけ高台になっているそこからは、暗く広がる更地となった市街地跡が見下ろせる。明かりもなく真っ黒に見える更地と更地の間を、車のライトが行き交っている。

無量の捻挫《ねんざ》は多少患部が腫《は》れたが、数日で治る程度で済んだ。今はサポーターで固定してあるので、松葉杖《まつばづえ》が必要なほどでもなかったが片足だけサンダルをひっかけている。

雅人はその足をみて、ふっと目をそらした。

「なに？　話って」

「おまえに田鶴さんを襲えって指示したの、親父さんか？」

雅人が黙った。それきり返事がない。

無量は観察している。雅人の反応を、じっと。

「田鶴さんの車から『三本指の右手』を盗めって指示したのは、親父さんなのか？　どうなんだ。正直に答えろ」

「………」

「雅人」

大きく溜息《ためいき》をつくと、雅人はパーカのフードをかぶってうつむいた。

「おれのこと疑ってんの？　やめてくんない？　イミわかんないし」

「イミわかんないのはこっちのほうだ。おまえの親父さんは、あそこから、あの右手が出るの、予想できてたんだろう。だから、おまえを作業員にして潜り込ませたんだ」

「自分が警察に疑われてるからって、人になすりつけるの？　見損なったよ、西原さん。あんた結構、話がわかる人だと思ってたのに」

「見損なったのは、こっちだ。今日だって、人のこと突き落としたろ」

「なんのこと」

「とぼけんな。靴跡が残ってんだよ。ちゃんと」

伊達《だて》に恐竜発掘屋はやっていない。土に残る足跡を大きさと靴の形から判別するのは、お手の物だった。

雅人も嘘をつくのはうまいほうではないのだろう。ごまかしきれなくなると、黙り込むたちだった。

「指示したのは親父さんか。『三本指の右手』はいまどこにある」

「知らないよ」

「ちゃんと言えば、味方についてやってもいい。親父に命令されてやっただけだって。無理強いさせられたんだって」

「……無理強い……じゃない」

ぼそり、と雅人が言った。無量が「え？」と聞き返した時だった。

「雅人は自分からやると言ったんだ」

背後から別の声があがり、無量はどきりとして立ち竦《すく》んだ。肩甲骨の間あたりに、何か固い物を突きつけられたと感じた。肩越しに振り返った無量は、すぐ背後に中年男性が立っているのを見た。顔に見覚えがある。写真の男だ。

浅利健吾だった。

無量は自分の背中に浅利が突きつけているものを見て、凍りついた。

「それ、なんの冗談？」

浅利が握っているのは、どうみても拳銃《けんじゅう》だった。

「おまえの親父さん、ヤクザだったの？」

「西原無量。君の噂は聞いてるよ」

間近で見ると、浅利健吾は雅人とは似ず、なかなかの偉丈夫だ。写真では快活そうな男だったが、いまここにいる浅利は、陰湿な空気をまとって油断ならない。その手に握っているのはモデルガンだろうか。万一、本物だったら取り返しがつかないので、安易に抵抗もできなかった。浅利は重みのある低い声で、言った。

「西原瑛一朗の孫で、宝物発掘師《トレジャー・ディガー》の異名をとる。大した当たり屋だそうじゃないか」

「そりゃどーも」

「君に頼みたいことがある。但《ただ》し、拒むことはできない」

「なんで」

「拒めば、次は捻挫じゃ済まない。田鶴くんの隣のベッドで仲良く養生することになる」

無量は目をつぶり、大きく溜息をついて、両手を挙げた。

「……このサド親子」

＊

二日続けて同じ場所を訪れることになろうとは、忍も思っていなかった。

車を降りた先には、大きな曲屋《まがりや》が建っている。よく手入れされた庭の木々に囲まれ、風格のある建て構えだ。

鬼頭家だった。

礼子は出勤中だから、むろん不在だ。忍はそこを狙ってやってきた。

「ごめんくださ……」

玄関の引き戸を開け、がらんとした土間に声をかけた忍は、そこで固まった。人気《ひとけ》がないかに思えたが、土間の上がり口に、若い女が正座していたのだ。市松《いちまつ》人形を思わせるおかっぱ頭の若い女だ。鬼頭礼子の双子の妹、涼子だった。

涼子は忍の再訪をまるで知っていたかのように待ち受けていた。

「いらっしゃい。あなたはきっと来ると思っていたわ」

忍は気を引き締めるように、口角を曲げた。涼子を見据えて、中に入り、引き戸を閉めた。

「なぜ、わかったんです？　僕が来ることが」

「あなたは謎を謎のままにはしておけないひと。ちがいますか？」

「……。そこまで探偵趣味はありませんけど」

「その後、何かわかりまして？」

古風な口調で、挑発するように言う。瞬《まばた》きの少ない黒い瞳《ひとみ》が、まっすぐに忍を見ている。まるで心の底まで見透かすかのように。

「あなたのお父さんのことを、少し調べさせてもらいました」

昨日会っていたのは、岩手県警に勤めている知人だ。鬼頭姉妹の父、鬼頭孝晃《たかあき》の変死事件について調べてもらっていた。死亡したのは、いまから十年前の三月二十日未明。一関《いちのせき》を流れる磐井《いわい》川の河川敷で倒れているところを、朝、ジョギングで通りかかった人に発見されたという。死因は、感電死。全身ずぶ濡れだったが、落雷する気象条件ではなく倒れていたその場所には高圧電流を発するものもなかった。

「お父様は、当家に祀《まつ》られた悪路王の首を見て、その祟《たた》りで亡くなったのです。首を見た者は、雷神に喰《く》われて、死ぬと」

「感電死というのは、雷神のしわざ？」

「ええ。祖父も墓の裏で亡くなったわ。水のない場所なのに、ずぶ濡れで」

「お父様が亡くなる前に首を見た、とそうおっしゃったんですか」

「ええ。首の正体を見た、と。そう言っていたわ。とても興奮した様子でね」

涼子は目線を揺らすこともなく、そう告げた。濁りのない黒い瞳は、玉眼のようだ。

「悪路王の首の祟りよ」

忍は明晰《めいせき》な眼差《まなざ》しで、見つめている。

鬼頭姉妹の父親は、感電死。落雷を疑われたが、鑑定では胸元の熱傷痕はスタンガンによるものではないかと出た。但し筋状の炭化は通常のスタンガンではできず、原因は不明だ。体には打撲痕もあり、直前に誰かと争ったとみられる。犯行時刻とみられる時間、現場から走り去る怪しい車両が目撃されていたが、突き止められなかった。容疑者は数名あがったそうだが、いずれも証拠不十分で、事件は迷宮入りしている。

救われないのは、家族だ。

父と祖父、ふたりを不審な死で失って、その理由もわからない。犯人も見つからない。なぜ家族が死ななければならなかったのか。……自分もかつて同じ立場だった。忍は、何が何でも犯人を突き止める、という執念を手放さなかったが、反面、祟りだったと思い込みたい彼女の気持ちも、わかる気がした。親しい者の死が無理由であることに、人は耐えられないのだ。

だが、祟りなどではない。これは明らかに、人の手によるものだ。

「首を見せてください」

ためらうことなく、忍は言った。

「真相をつきとめるのは、それからです」

涼子は泰然としている。

「いいでしょう」

こちらへ、と言って涼子は立ちあがった。不自由な足をひきずるようにして、忍を奥の座敷へと誘った。

広い旧家にはいくつも部屋がある。昨日通された仏間へとつれてこられた。

涼子は仏壇のはまっている壁と床から、その一部となっていた板を引き出して何か操作した。その仏壇には仕掛けがあったのだ。ぐっと力をこめて押すと、仏壇がぐるりと回り、その向こうに暗い階段のようなものが現れた。

「すごいな……。まるで忍者屋敷だ」

「どうぞ」

隠し念仏の講があると言っていたが、ここまで来ると、隠れキリシタンだ。

ひとひとり通るのがやっとの階段は、地下に続いている。鬼頭家には地下があったのだ。涼子が懐中電灯を持って先を歩き出す。

「大丈夫。閉じ込めたりはしないわ。中から鍵《かぎ》はかけられても、外からはかけられないようになっているから」

階段を降りると、涼子が電灯のスイッチをつけた。地下は思いの外、広い。壁は石積みになっていて、まるで酒蔵かワインセラーだ。空気はひんやりしている。正面に祭壇がある。

「あれが当家の本尊——悪路王様です」

一見、仏式の祭壇だ。しかし仏像の類《たぐ》いは何も置いてはいない。

本尊と呼ばれているものは、不気味な黒い漆塗りの、正方形の箱だった。

真っ黒なダイスのようだ。文字通りのブラックボックスで、なんの装飾もないことが、いっそう不気味さに拍車をかけていた。

「当家の講の者は、代々、崇《あが》め奉っておりました」

「鬼の頭が入っていると……信じていたんですね」

だが、それは空だったのだ。箱だけを信仰していたのだ。いや、信者には箱だけで十分だったのかもしれない。その中身は、中尊寺の大伽藍《だいがらん》跡の地下にあった。

それを取り戻したのが、約五十年前。鬼頭姉妹の祖父だったわけだ。

本当ならば、いま、あの箱の中には、中身が入っている。鬼の頭……いや、阿弖流為《あてるい》の首のはずだ。

涼子は祭壇の前に腰掛け、鈴を鳴らして念仏のようなものを唱え始めた。節回しは念仏だが、悪路王という言葉が何度も挟み込まれる。

一通りの念誦《ねんじゅ》が終わると、涼子はおもむろに祭壇に近づいて、その黒い箱をゆっくりとおろした。そして、正座している忍の前に置いた。

「本当に、よろしいのですね」

「はい」

「死にますよ」

「死にません」

忍は確信をこめて、即答した。

「祟りではないことを、僕が証明します」

涼子は人形のような無表情で聞き届けると、そっと目を伏せた。

「あなた、どこか私に似ていますね」

「え……」

「あなたが死んだら、あなたのためにお経をあげてあげるわ」

そういうと、自分は忍の背後に回った。中身を見ないためだ。

地下室は静まりかえっている。耳が痛くなるような静寂の中、忍はゆっくりと箱に手をのばし、蓋《ふた》を両手で持った。ためらうことなく、蓋をあけた。

そのときだった。

いきなり後ろから、何か太い革ベルトのようなものが首にまきついた。そのまま絞め上げられる。忍は驚愕《きょうがく》した。首を絞めてきたのは、涼子だった。

「……な……っ」

「ごめんなさいね。さがらさん」

鬼のような形相で、涼子は忍の首を力一杯、絞め上げる。忍は顔を歪《ゆが》ませ、苦悶《くもん》しながら、声を搾り出した。

「まさか……ころしたのは……っ」

「遺言なの、お父様の。もし、その首を見たい、と言ってくる者が現れたら、迷わず殺《あや》めなさいと」

「……なん……っ」

「これが役目なの。私の役目なの。だから！」

革が喉《のど》に食い込んで、息ができない。忍は絞め上げられる直前、咄嗟《とっさ》に人指し指の先だけを、首と革の間にかろうじて差し込めていた。その指先ひとつで抵抗する。しかし、涼子の力は強く、ぎりぎりと深く食い込んでいく。

「……りょ……こ……さ……」

視界が暗くなっていく。

忍は苦悶の中で、必死に念じた。

「……む……りょ……」

＊

祖波山は闇に沈んでいた。

空には星が瞬いている。東の水平線からは、だいぶ肥えてきた月が顔を覗《のぞ》かせていた。

浅利健吾の運転する車で、無量が連れてこられたのは、祖波神社の発掘現場だった。

後ろ手に縛られている。携帯電話は取り上げられ、雅人が拳銃《けんじゅう》を握って、無量の背中に突きつけている。

「ろくに撃ち方もわかんないくせに」

「黙って歩きなよ」

仕方なく無量は、歩いた。先を行く浅利は、例の祠《ほこら》に続く石段をあがりはじめた。雅人にせっつかれるようにして、無量も石段をあがりはじめた。足を怪我しているので、だいぶゆっくりだったが。

無量は雅人に言った。

「息子に共犯させるなんて、ひでー親父」

「うるさい。だまれ」

「お互い、変な父親持つと苦労するよな」

「だまれって言ってんだろ」

雅人は耳を貸そうとしない。無量は天を仰いで諦《あきら》めたように溜息《ためいき》をつくと、石段をあがっていった。

祠のある平坦地《テラス》に到着すると、浅利健吾が懐中電灯を握って待っていた。手には、エンピとジョレンがある。雅人が持ってきたバケツには、竹串《たけぐし》やスプーンや刷毛《はけ》といった発掘道具一式が入っていた。それを見て、無量は自分が何をさせられるか、察したようだった。

「ここ掘れワンワンってやつ？」

「西原無量。君の発掘勘は西原瑛一朗譲りのようだ」

浅利健吾は眼鏡の奥から目を光らせて言った。

「若い頃、瑛一朗氏の発掘調査に参加したことがある。発掘勘に優れた、素晴らしい考古学者だったよ。捏造《ねつぞう》さえしなければ」

「……あんたも元発掘屋なんでしょ。だったら自分で掘ればいいじゃない」

黙れ、というように雅人が銃口を頭に押しつけてくる。うんざりしたように、無量はうなだれた。

「ここに何があんの？」

「………」

「あの右手の正体、知ってるんでしょ。鬼頭さんのじーさんが大池の伽藍から出した頭《ず》蓋骨《がいこつ》と、同一人物のものだって。ここから出るってことも予想してたんでしょ。それで盗んだんでしょ？」

「………そうか。礼子の周りを嗅《か》ぎ回っている男は、君の同僚だったたな」

「一体なにがあるわけ？　なんで盗まなきゃなんなかったの？　阿弖流為《あてるい》の右手が出ちゃいけない理由でもあるわけ」

すると、健吾がふと目を瞠《みは》り、静かにほくそえんだ。

「なに？　なにその笑い」

「いや。なるほど、悪路王の右手。だから、阿弖流為の右手か」

「ちがうのかよ」

健吾はエンピを地面に刺して、そこから望める夜の広田湾を見やった。昇ってきた月に照らされて、きらめく海面が一筋の道のようになっている。

その海を、感慨深そうに眺めて呟《つぶや》いた。

「蝦夷《えみし》の英雄の、右手か。この気仙にも、海道の蝦夷と呼ばれる人々がいた。阿弖流為《あてるい》たち陸道の蝦夷ほどに脚光を浴びることはなかったが、鬼伝説の中に生きている。我々、気仙人の誇りそのものだ」

「………」

「気仙には、かつて海道蝦夷の英雄が三人いたという。猪川《いかわ》の竜福、小友《おとも》の早虎、矢作《やはぎ》の熊井。いずれも、いまは気仙三観音に数えられる寺のある場所だ」

「！　……鬼の死骸がバラバラに埋められたっていうお寺か」

「言うまでもなく、それらは蝦夷の英雄の墓だ。阿弖流為《あてるい》と同時代を生きた」

健吾は夜風に吹かれながら、箱根山の麓の方を遠く見やった。

「阿弖流為とは蝦夷の象徴だ。我々、東北人にとって素晴らしい宝だ。だが、あいにく、あの右手はそんないいもんじゃない。あの右手に秘められたものは、もっと恐ろしいものだよ」

「……どういう意味？」

「知りたければ、見つけてみろ」

健吾はエンピを無量の鼻先につきつけた。

「君のそのたぐいまれな発掘勘で、この祠の周囲のどこかに埋まっている、それを見つけてみることだ。それが出せれば、教えてやってもいい」

無量は健吾を睨《にら》みつけた。後ろ手に縛られている右手が、熱を帯びていた。

わかっている。昨日ここにあがってきた時も、右手は騒いでいた。『三本指の右手』を出土させた時と同じくらい……いや、それ以上に。

出雲《いずも》で玉藻鎮石《たまものしずめいし》を見つけた時も、確か、こんな感じだった。斜面に不自然に張り出した平坦地。その土の色。ここだけ地熱が高いような、奇妙なエネルギーを右手は感知している。ここに埋まっている物体が持つ「時の重力」のようなものに、手が反応している。無量にはそう思える。

「………。縄をほどいてくれ」

言われなくても、掘りたい衝動には駆られていたのだ。ずっと駆られていた。だが一度耳を傾けたら歯止めがきかなくなるから、聞こえないふりをしていた。掘る口実ができたと言って内心喜んでいるのは、この自分だ。そんな自分自身の正体不明の衝動と欲望に、口実を与えられることを、本当はずっと待ち望んでいた。規則など踏み倒して、思いのままそこを掘ることを。

無量は軍手をはめた。エンピを握った。共犯めいた後ろめたさを感じながら、土につきたてた。

浅利と雅人は、少し驚いたようだった。無量が掘り始めたのは、祠の真下、ではない。少し後ろの、段差のできた部分だ。

「ちょっ、そこは……」

と雅人が止めかけたが、父親が制止した。

迷わなかった。目をつぶっていてもわかる、とでもいうように。

無量は掘り始めた。掘りたい、と思う場所を、掘りたいように。理由など説明できない。ただ、そこから「呼ばれる」。子供の頃、化石を掘っていた時のように。何かが土の下から訴えてくる。「自分はここにいる」「ここにいる」「きづいてくれ」と。

その右手に、瑛一朗の生き霊が宿っているからなのか。

笑う鬼とは、瑛一朗の怨念《おんねん》のことなのか。

無量がエンピから移植ゴテに持ち替えた。まるであらかじめ包含層がわかっていたかのように、土を掘り始める。

それを強いた浅利たちですら、手が出せない。まるで取り憑《つ》かれたように……いや、自分を解放したかのように一心不乱に土を掘る無量に、雅人も尋常ならざる何かを感じ取った。荒々しいほどに、他には目もくれない。屍《しかばね》をむさぼる鬼のようだと感じた。

それは集中力などという生やさしいものではない。欲求に身を任せて、理性をかなぐりすてているだけだ。脅しも無力だ。もう何も聞こえてはいない。

「……このひと……」

二十分近く経っただろうか。ふと、無量の動きが止まった。

ランタンをとり、穴の中に置いた。

今度はスプーンを持ち、土をほじくっていく。

「……あった」

無量が掘り当てたのは、陶器製の合子《ごうす》（蓋《ふた》付きの容器）だ。

スプーンを地面に突き刺し、掘り当てた「遺物」を手にとって、自分は中身も見ずに、浅利へと渡した。

浅利は、息を呑み、緊張気味に蓋をあけた。

無量はそちらを見ない。

「……何が入ってた？」

「薬指だ」

浅利が乾いた声で答えた。

「……金の薬指」

「なに」

「まちがいない。やはり、ここだった」

浅利が低く笑いを漏らした。投げやりな笑いだった。

「やはり、間違いない。ここここそが、かの氏族の野望の地——桓武の呪いの地だったのだ」

無量がぎょっとして、浅利を振り返った。雅人にはその言葉の意味すらわからなかったろう。無量は「どういう意味だ」と詰め寄った。

「いまなんて言った。桓武って……それ、桓武天皇のことか」

そうだ、と言って浅利は眼鏡をとり、胸ポケットに突っ込んだ。

「それが右手の正体だ」

無量には意味が理解できない。

浅利は声を震わせて、こう告げた。

「君が掘り当てた『鬼の手』の正体は、第五十代・桓武天皇の右手だ」

主要参考文献

『発掘調査のてびき』文化庁文化財部記念物課　同成社
『発掘調査のてびき　各種遺跡調査編』同右
『蝦夷と東北戦争』鈴木拓也　吉川弘文館
『阿弖流為《あてるい》――夷俘《いふ》と号すること莫かるべし』樋口知志　ミネルヴァ書房
『東北の中世史1　平泉の光芒』柳原敏昭　吉川弘文館
『岩手民間信仰事典』岩手県立博物館　編集・発行
『漆紙文書と漆工房』古尾谷知浩　名古屋大学出版会
『墨書土器の研究』平川南　吉川弘文館
『津波と観音　十一の顔を持つ水辺の記念碑』畑中章宏　亜紀書房
『第十九回　全国科学博物館協議会研究発表大会　資料2』所収「学芸員が見た東日本大震災（平成三陸大津波）」熊谷賢　全国科学博物館協議会
『2011.3.11　平成の大津波被害と博物館―被災資料の再生をめざして―』岩手県立博物館／昭和女子大学光葉博物館
『岩手考古学　第23号』所収「平泉出土の「穿孔かわらけ」と「円盤状かわらけ」について」鹿野里絵　岩手考古学会

取材にご協力いただきました、陸前高田《りくぜんたかた》市立博物館の熊谷賢様、岩手県文化振興事業団埋蔵文化財センターの小山内透様、高木晃様、岩手県立博物館の赤沼英男博士に深く御礼申し上げます。
　執筆に際し、数々のご示唆をくださった皆様に感謝いたします。なお、考証等内容に関するすべての文責は著者にございます。ありがとうございました。

本書は、文庫書き下ろしです。

遺跡発掘師《いせきはっくつし》は笑《わら》わない
悪路王《あくろおう》の右手《みぎて》
桑原水菜《くわばらみずな》

平成28年 6月25日　初版発行
令和7年 6月25日　10版発行

発行者●山下直久

発行●株式会社KADOKAWA
〒102-8177　東京都千代田区富士見2-13-3
電話　0570-002-301（ナビダイヤル）

角川文庫 19824

印刷所●株式会社KADOKAWA
製本所●株式会社KADOKAWA

表紙画●和田三造

●お問い合わせ
https://www.kadokawa.co.jp/（「お問い合わせ」へお進みください）
※内容によっては、お答えできない場合があります。
※サポートは日本国内のみとさせていただきます。
※Japanese text only

ISBN978-4-04-104468-1　C0193